朱天文作品集 2

淡江記

散文集 1977—1979

目次

第二卷

風吹花開

第三卷
天地情兮

舊版序

時人對此一枝

丁亞民

我是不跳土風舞的，可是這幾天經過海報欄，見著板子上的「土風舞社訊」五個噴紅的大字，也要一回回的爲之怵目驚心……哈哈，這是盜用天文〈相見歡〉的句子，可是也還說的是眞話也。

天文的《淡江記》已經要出書了，而我淡江的好日子也還沒混完，日日看著天文寫的那淡江的好山好水好風光，這江山華年盡皆讓天文題了名溜走了，眼前有景道不得啊道不得，那李白也早早溜去題了鳳凰臺。鳳凰臺上鳳凰遊，鳳去臺空江自流……唉，南方的鳳凰城我是不要的了，去又作甚?倒是來給天文寫序是眞是。然而這也道不得啊道不得。昔人已乘黃鶴去，黃鶴去，空餘了淡江風日，要人千千古古懷想不盡的了。而我來這裡也只是逍遙遊，淡江風光與我兩不相干，要有，也是因著天文。我才明白這英雄美人是天下的。天文早又不知去哪兒了，你還在這思什麼想什麼?

但我這豈不又說的是混話了，天文不是還好端端的在台北辦三三嗎?我也是啊。三三辦了三年，我和天文好比呵，好比那閒來無事，齊齊是來撩撥淡江的山光水色，天文先來先去，我是慢她一步的。可也不急，因爲我們說好是要走那趟漢唐路，直走到漢民族本色的黃河平原裡去的，我知道，天文知道，每一個中國人都該知道的。淡江淡江，你既留不住天文，又怎能夠留得住我呢。

我是不會說天文的文章。仙女散花，一人也是一朵，我就是多分了幾朵，也先是歡喜不盡，哪還說得出話來。天文的人啊，我也是不說的。

那就來說那天。那天天文來淡江玩，巧巧正是土風舞社迎新，天文興奮得要崩潰了，我們就也去溜冰場跳。天空中飄著遠遠的音樂，直飛到月亮裡去了，一路走著，兩人吃吃嗝嗝儘是笑，天文披著白毛線外套，紮著兩把辮子，也講話呀也笑嘻嘻呀，不是夢的。可是那天空裡隱隱的音樂，燈光下滿地都是年輕男女的身影，都叫我恍然，這感覺是我原知道，又極愛的。清涼的夜裡忽忽的風，是《藍與黑》吧，唐琪和醒亞於溜冰場開始了一場夢，土風舞或嘉年華會都是叫我惆悵極了的，總覺得裡頭許多故事是那樣開始了。滄桑也好，悲歡離合也好，我都喜歡是那樣看著每一個人的。

我只跳過一次土風舞，跟珊珊，那年我才高二，也不知是跳些個什麼，只知道笑個不停，旋來轉去，陽光全滾進室內來飛光閃閃的。再就是暑假裡天文、天心、淳琬和我四個人發瘋，在山中農舍前的曬穀場跳了一整晚。先是天上好多星子，見得著燦爛的銀河星雲，再後來好大一個皎潔的月亮自東山升起來，眞是東方漸高奈樂何呵，卻被阿姨趕趕睡去了。

跟天文正式跳舞這晚也才是第一次。是〈詩情畫意〉那首，音樂輕輕揚著，夜裡有些清涼，溜冰場的夜間照明燈灑下來，舞影晃晃是男女相悅，好乾淨的那樣，我是早知道的！看看天文，忽然覺得她矮矮的，月光下略低著頭，幾綹頭髮覆著額，眼睛笑笑的看出來，是首詩吧，想不起來，卻有些恍惚。我好想說，說天文你看那月亮！說不得啊。天心一說喜歡聽我唱的那首〈月亮代表我的心〉，以後就記得牢牢的不敢唱。那，天文還說過月兒像檸檬呢，說著橫我一眼笑，記到心底了，自此莫敢看月兒。

可是，好想好想……好想說些什麼，莫辜負這月亮了，人卻是沉靜下來，澀澀的不大說話了。我抿著嘴，又把咖啡色寬衣裳收攏進褲帶紮好，本來是喜歡寬寬鬆鬆的衣服來跳舞的，會覺得舞舞生風，浪漫而灑脫。這會兒我卻好想那樣正經的跟天文好好舞一場，然後很紳士的鞠個優雅的躬，看天文張著大朵裙子低低而委婉的低頭答禮，眼睛笑笑的橫過來，還有那兩把小辮子。啊，我要說，說我好愛的那句話了：時人對此一枝，如夢相似。想，想曇花開的晚上，淡淡的燈光下極靜的花香，天文捧著那樣一朵大大的花，好近好近，又好遠好遠。天文天文你照實說，你是哪裡來的，怎麼會在這裡呢？那我怎麼也會在這裡呢？跳的是〈詩情畫意〉，原來就想是典型的風景照片那樣，海灘邊，大大的紅夕陽正要落了，無盡無盡的霞光和著搖曳金亮的水光漫漫滿天都是，這也好的。再跳俄國「販子舞」，踢踢踏踏轉得好興頭。我喜歡一轉身拍一下手，瞅著看天文在那邊笑，再一旋身，拍一下手，驀然回首，那人眞是在燈火闌珊處了。三三的女孩是最中國又最現代的，要玩也玩不盡的日月山川、東方西方。卻是這樣要來提出時代的大疑，要問出文明的根源，要喚起今日革命的氣力來！

何時何時，天心你可以脫去一身戎裝，穿件漂亮的女孩兒衣服，那樣走在風中走在月亮中走在漢唐的歲月裡!?何時何時，天文天文你不再說要熱淚盈眶，說這淚水是天地的，也要好風來吹乾。不說，到底你們是你們，我是我，但我仍是一個愛漂亮的女孩，仍是和你們同生於這風日裡的呀。這次日本回來，你，還有天心的話是最叫我痛心的：「第一次想到一個一統的國家所能有的氣象，是這樣的，這樣的。」而我們不僅要一統中國，要走的路還更長更遠。我眞眞是覺得你們委屈的，好是抱歉！今日是天下人不願走的路我們要先走。因爲，因爲，我們要先走出個天下來讓每個人都活得神采飛揚啊。

或者或者，你們本就是來自天上，是要告訴世人這些的嗎？我多願意我是最後一個明白的，趕啊趕啊，趕到最最前面，便是大家都來齊奔一逕漢唐路了，月亮在那最最天邊的前頭大大亮著，照不盡的山川阡陌。

因爲那晚的月亮是那樣的，還有那晚的風是那樣的，我亦是聞土風舞要怦然心動，或竟是天文說的心要碎了，可是要我跳還難呢。再能有那樣一晚的月亮，再還能有天文這樣一個好人兒嗎？土風舞成了夢，我知道我舞起來時會是神采飛揚，我知道我的弓步下沉步才漂亮的，我知道那音樂裡的一點夢影，夢影裡飛飛的流光，我知道的呀，都保留起來單要留給天文的了。

可是我也頑皮。見天文在校對《淡江記》的稿子，有幾篇我是先沒見過的，天文大一大二時我還不知在哪裡了，忽然有些苦惱。看看她寫的與誰誰走到後山那麼一程路，天文有這樣的事我竟不知道的，當下詐詐一笑，說，我第一回知道天文是看了〈剝蛋記〉才知道的。天文疑起來，怨道，很後來了吔。我說是啊，看了我還笑，可可剝個蛋也謅得出一篇文章來。天文聽了要惱了，忽然那麼柔和下來，我見不得，逃呵！想，那時天文就在淡江了，想了半天想像不出來，只是惘然罷。然而，我即使是那張騫錯過了天上人間，亦是難叫我服氣的，我們還這樣年輕，錯過的路走走不定又走上了。

是啊，認識天心兩年才認識天文，那〈剝蛋記〉也還是承天心的情看的，記得看看忽然訝異起來，也不知訝異什麼，沒想下去就看完了。變成一種心情，先替謠傳裡的天文打了底色。再來是〈喬太守新記〉得了獎，報上登了天文的照片，看了看，我說這是天心的姊姊了。再看文章，竟是好得不得了，寫莎莎，慕雲和成宇。我最愛看莎莎在觀海亭看星星了，她剛洗過澡的頸項，是一弧優美淒艷的天鵝，然後，看哪，天邊的一顆星子爲他們隕落了……看得心情好浮人好輕，有種極新而又想不起來的感覺一直一直飄過來，只覺得自己晶瑩剔透，天文帶我飛到天上看星星了。又還一段，是莎莎在陽臺上看季慕雲的信，那天哪，天雲開闊，正是好風如水，無端端竟颳起大風來，晴天大白日，飛雲疾走，滿場的衣物飛騰成繽紛一片，莎莎那樣坐著，眞是乾乾淨淨的天上人間了，叫人迷惘。當下我就好想叫莎莎，莎莎莎莎你知道麼，你是在哪裡呀!?怕這樣的好天氣她竟迷糊了，那眞是，此情可待成追憶，只是當時已惘然！要我搶下來接著寫，必是一個傻阿丁衝上陽臺，說季慕雲的信不看也罷，快快看那天空的風吹得那樣狂忽，還有你這樣一個青天白日下的女子，亦是絕美的啊……桂棹兮蘭槳，擊空明兮溯流光，渺渺兮予懷，望美人兮天一方……我幸而不是唐朝李白，宋朝東坡，他們怎知民國世界裡還有這天文好人兒啊，而我是時人對此一枝花，好個如夢相似。

約是日本語吧，有句話是「女心」，不知怎的就只叫我想起天文。女心兩字是素白的織錦綢緞，底下還該有話，是女心怎麼女心怎麼，而我老是編不下去。可是望著女心兩字眞好，天文的人是那樣深那樣曲折婉轉，眞是那女心無限了。好精緻的人兒啊，怕碰碰就要碎了，我又是個大手大腳的人，見了天文都不知怎麼辦才好，覺得自己是個大蠢物。我是從天心處第一次知道女孩的好，跟天文也是第一次，第一次懂得了女子心思的深遠明亮。

那天，那天是民國六十六年七月三日了，我記得好清楚的。那晚剛要回家，在路上見著天文在星光下散步，夏夜裡拿把小扇子偏頭望著月亮不知想些什麼，又是紮著小辮子，我最愛看天文這樣的，看得好喜歡，便好好的嚇她一跳，說是搶劫。天文一嚇，一回頭見是我，就沒命的蒙頭蹲在路邊哭，月光下小小的臉，好可憐哪，眞是驚豔，強盜見了也不知道怎麼辦才好。我慌得直說是我呀，是我呀！天文又是放心又是糗，哭哭就把我趕得遠遠的，淚還沒流完呢，卻笑起來說：「走呀，走呀，沒事啦沒事啦！」我也是慌呆了，恍恍惚惚飄著走開了。一邊走一邊想，要笑的，笑天文這樣叫人憐之不盡，回家便好好寫了一篇小說，講的不知又是另外些什麼了。可是眞的喜歡，因爲是天文替我開的頭。

那年夏天我是多懂了些什麼吧，自此小說寫的竟都是女孩子，寫多了，自己都要吐吐舌頭，不好意思起來。要寫回男性竟是不能，想想怎麼我們男子都是氣弱，入不了小說呢！天文則是柔和委婉飛揚起來，極大極剛強的光敲在天地裡，問著這個時代問著天下的人。女媧煉石補天，文明的挽救竟是要從女子處重得生機嗎？那今世的男子可也有志氣來做出一代的大事呢？天文的淡江四年又豈是讓人讚一聲好，叫一聲喜歡就這樣嗎？淡江的風淡江的水吹在你臉上，濺在你身上，你能否知道一點風裡的消息江上的漁歌？滾滾長江浪濤千古拍不盡，故國山河月明中，月明中啊！

我來淡江讀一年級時，天文已經四年級要畢業了，每每在學校碰了面都不知怎麼好，可也是異地相逢，卻又哪像啊？我們明明在台北辦三三的，怎麼大老遠跑到這裡碰面，倒有些滑稽，兩人都不習慣，還是各人撩各人的去了。我在淡江沒事是不會去找天文的，去時一路就訝異的想著天文是自強館女生，而我是建築系男生，也是校園生活呀，覺得好奇妙。可是我是喜歡去自強館找天文，大太陽天，午後寂靜，我就在馬路上大叫：「天文啊。天文啊。」我這樣在叫天文的名字，覺得很得意。天文老是從窗口探頭出來，「啊，阿丁呀？」花花的陽光，空氣裡有淡淡的暑天味道，我很愛看女孩子倚在樓臺窗口說話的模樣。天文午後睡醒的聲音甜甜啞啞的，飄呀飄呀飄在午睡的校園，淡江夢裡也要聽到我們這樣喚來喚去的聲音了。等待天文下來時，我就看看水溝裡淡白輕巧的小蝦游來游去，還有野地裡一朵朵牽牛花大大的開在陽光下，有人走過，我就背著手閒閒走來走去，想那人猜的什麼也不是，我只是在等天文咧，就這樣。

然而怎麼說，這淡江藍藍的天空也還是共過一年的呀。那天談起來，是說到電影《金玉良緣紅樓夢》，我們都很喜歡張艾嘉，黛玉進府那段更是記得的。天文說她還是下午蹺課去看的，那我也是在淡江看的，是同一天晚上吧，不然總之也是那幾天的事了。想了就好高興，就那幾天我們都看同樣的電影呀，這份心情好難說，卻眞眞是共過淡江的風日了。再趕緊回來看看淡水小鎭，那克難坡曾是天文和我貼了一晚的三三海報，那牧羊橋也是走過幾回的，再是宮燈大道，納粹女祕書左莎莎的高跟鞋登登敲過。再是會文館前驚聲大道，我最記得天文的地方，每次想天文在淡江，就是這裡了。天文穿著大裙子風裡飛揚著走來，遠天觀音山色迷茫，紅亮的大夕陽停在天邊海邊，不盡的金風夕暉那樣的淹漫過來，奇怪天文是笑著的，也不知笑些什麼，天文好愛笑哦。

然而，然而，淡江你再好的風光，天文早早更乘風飛去，又不知開怎樣的天地去也！此地呀，白雲千載空悠悠，任世人怎麼怎麼的懷想，她都是情緣也不落一個了。卻不如來問問自己，你若是個有志氣的，該要如何面對中國的日月江山呢？

一九七九・一一・淡江

新版代序

照眼的好

胡蘭成

天文：

我今晨六時醒來，在床上重讀《淡江記》到十點鐘，像昔年第一次讀到愛玲的文章，又歡喜又膽怯起來。先讀阿丁的序文，已使我悵然於自己像慕沙夫人的爲一家人做活把手都做粗了。隨後我把《中國禮樂》也翻看了幾節，才自己略略安心。

《淡江記》開了女子的新境地。你像賈寶玉的見一個愛一個。賈寶玉是男人，女子這樣寫的則你是第一人。中國有漢朝以前的女子，日本則奈良朝的女子，你卻更是新石器女人文明時代的。而陌上桑，採蓮採菱，女人以機織通西域絲綢路，亦都在你的文章氣象裡了。眞眞是雄勁呵。賈寶玉亦愛男子，如北靜王，蔣玉函，柳湘蓮，你亦愛女子，如凡凡等。你這樣汎愛，而各各愛到徹底，如〈月兒像檸檬〉裡寫對阿丁，你聽天心云云，「忽然對阿丁敵視了起來。」而這樣徹底，你卻又是人在光天化日裡，不落色境。不落色境是仙枝的話，眞是句好話哩。

《淡江記》的文筆雄勁到都豁出去了。岡潔喜說雄勁二字，近來我從書法才體會得了筆姿的雄勁。《淡江記》則有司馬相如賦的雄勁。

天文與司馬遷，賈寶玉，張愛玲都是多愛不忍，而司馬遷賈寶玉與你又都是自身參預在內的，惟獨愛玲是旁觀者。愛玲小說中人物的美處都是有限制的，天文筆下的人物則雖如凡凡等，在那一節裡都是絕對的。愛玲如神看世人，天文則參預其中，自身與凡凡等人皆在那一節裡成爲神仙。

愛玲與天文都善寫渾茫之境。愛玲的如《金鎖記》裡寫長安送他下樓，院中的陽光與花草只覺得都不對，不對到可怕的程度。天文的則如〈鵲橋仙〉裡寫「往後再領人家遊後山……連我自己也懷疑那天。」與〈星期六的下午〉寫回家的公車上一段、「這時候的太陽，芒花和塵埃，有著楚辭裡南天之下的洪荒草昧……」寫的都是吉祥的。

天文有士對於天下世界的責任心，愛玲的《赤地之戀》裡亦有正義感，但天文的革命感背景是有著沒有名目的大志。天文的不落色境有寫晴雯的一節極好、「晴雯何嘗不心悅寶玉……本來我今生唯有寶玉是眞情的，但連如此珍貴的我都可以捨之不顧，這反逆的激烈和剛強大極了。」

我讀《淡江記》眞是得了學問。《淡江記》裡的好句子都是天文的人。〈牧羊橋．再見〉裡寫、「如果女孩兒必得出嫁，我就嫁給今天這陽光裡的風日，再無反顧。」〈如霧起時〉裡寫、「左舷太平洋，太陽將出未出，而它只是太平洋。」眞是寫得蕩蕩莫能名。〈如夢令〉裡寫、「我勾頭朝外探一探身子，見樓這樣高，摔下去必死無疑。」眞是青春的鮮烈。

此篇你可加上「照眼的好」題目發表於三三，教世人知如何讀《淡江記》。

一九八〇・二・五

第一卷

陽光歲月

牧羊橋・再見

畢業遊園，巴巴的從台北趕來，一路上太陽發了瘋似的，沒見過這麼酷熱的，風又莫名其妙的大，四面八方亂吹，才下車，穿的大圓裙給忽一下整片掀起來，掩覆得滿臉。這好像瑪麗蓮夢露在甘迺迪慶生宴上唱祝你生日快樂，那張風靡一世的鏡頭，總統先生融合了政治家和藝術家的氣質，一種情調，煙藍中一抹水紅，是甘迺迪時代政治的底色，所有這些都濃縮在那一刻鏡頭裡。我詫笑極了，不禁回頭望向天空，好像天氣開了我一個大玩笑。

一行山上去，更是這樣吹得頭髮和裙子沒個開交，太陽裹在大風裡吹，竟像是憑空多出了十個來，到處滾得花花閃閃，穿梭當中，眞是又狼狽又開心，一面又著急要趕不上遊園了，想走快也是這樣牽牽絆絆，倒弄得一身汗淋淋的。

本來畢業遊園只是例行公事，爸爸媽媽和王老師要來參加的，我都要他們快快打消這念頭了罷，天這麼熱，何不安心家裡享清福爲是。我自己可卻是一心一意老遠趕的來，洗了頭髮，穿著格子大圓裙，要來看看苔苔他們特爲畢業做的旗袍什麼樣子，還有報上登說秦漢和林青霞來我們學校拍外景，我也急急要湊這熱鬧，唯恐擠不進去白落了冷清。一級一級登著克難坡，沿坡海報板花花綠綠糊滿了新鮮賀詞，當頭橫著一幅幅紅布，給風吹得劈劈拍拍響，我十分驚異，像是第一次才聽見風聲，真的，風的聲音，是節氣一節節在空中拆爆著。我跟自己笑個不停，今日可是什麼天氣哪，難道老天爺也來慶賀我的畢業不成，說來可笑，其實恐怕我就是天上文曲星下凡呢，今個兒花神風神太陽神都來齊了，連成天躺在那兒的觀音菩薩也要乘蓮花渡水過來，可不是一人之喜，普天同慶嗎。

克難坡一上來，視野登時豁然開朗，左邊大操場，環種著幾株鳳凰木，雖只開得三分，卻艷紅如火，在濃濃的綠葉中很是怵目心驚。我留心到他們是約齊了一塊兒開的，第一期已開過，謝盡之後再見不到一點紅色，只覺葉子益發拔綠了。然後忽然一天又都冒出紅點點來，先是開一分，三分，五分，砰一下滿開了，一叢叢的燒，襯著天際的藍。如此開了謝，謝了開，一直到九月完才算是開盡。聽說成大是鳳凰城，記得阿丁初初來到淡江有多委屈，他喜歡的是南台灣那種懶懶的晴天，坐在鳳凰樹下，讓淡黃色米粒大的葉片落滿一身，風吹草長，有淡淡的陽光腥香。我卻不行，藍天看多了，會挺累人的。

驚聲銅像俯視整座操場，一條柏油路鋪的驚聲大道直直通往自強館，我真是愛極了這條大路。從大屯山往下望就知道，一所淡江剛好自強館像幅布袋口，山上颳下的風都從這口給收了進來，所以驚聲路上特是風大，幾次宿舍出來去上課，一路真要乘風而去了，像司馬相如的〈子虛賦〉，寫鄭女曼姬立侍於車上，衣帶飄起來，上拂羽蓋，縹乎忽忽，若神仙之彷彿，我也不要上課了，飄到河對岸，和觀音一塊兒做神仙罷。天晴無風時，聽著鞋跟卡卡卡的敲在柏油路上，遠遠的可以一直望到淡海，一勾海岸線曲曲折折，不知迤邐何方。

天心對天氣的感覺常常從歌曲而來，我的常是從衣裳。前幾天見她穿了我一襲橄欖綠長衣出去看電影，一時竟然心中大慟，久久不能平復，這才頭一回驚覺到自己的學生時代眞的是結束了。

大四以來，同學們忙著就業、出國、考研究所，我卻仍像個無事人般盡是晃盪，及至畢業了，還覺得是在放暑假，日子過得像窗外覆滿牆頭綠蔭蔭的爬山虎，糊里糊塗，就只是漫漫伸延著，散懶得差不多成了蓬頭垢面。天氣好的時候，我愛穿得漂漂亮亮校園裡到處走，看自己的衣衫給風吹起來，看路上行人的穿著跟品氣，好喜歡呀，一邊又非常嚴苛的挑剔著。那件橄欖綠的長衣，攔腰編成一雙麻花穗子，長長的一直垂到膝下，好像佩玉一樣，忽見妹妹穿起，才想到我這份興致已是拋卻多久，難道心上塵埃蒙蔽了嗎？怎麼天氣對我再沒有了興意？學生時代人人都是青春鮮潔的，一旦進入社會又將是個什麼形狀，且不知別人如何，我自己先就俗氣起來，連外頭的天氣都不睬我了。伏在牀上痛哭一場，想想淡江的日子畢竟無法留住的，恐怕淡江眞要留我也留不住，不管這小鎭的斜陽照著堤邊的漁船多好，細雨落在青石板路上多好，我都只是遊子，遊子是哪裡也不能安頓他的，他的世界永遠在外面。古人弱冠而立，我也以畢業重新有所思省，再不可以撒嬌賴反，仙枝說我這一輩子像小孩斷了奶仍不肯罷休似的。情操還要從眷戀懷舊裡成長出來，我不是有好大志氣要做好大事情麼，那就從寫淡江四年開始罷，試試自己究竟有多大能耐，究竟能不能立身成人。

唉，說到立身成人，也不過些混賬話，還是趕緊瞧瞧苔苔新製的旗袍才是希罕事兒呢。

這時已經晚了，擴音機裡宣佈要畢業生到鷩聲銅像前集合，準備開始遊園。迎面急急走來的人群，一身學士服亂飄，帽子都持在手中，有個女孩戴在頭上，一下沒扶牢給吹得好遠，大家笑起來，眞成了落帽風。見他們嘻嘻哈哈的擦身而過，四周都是學士服跑來跑去，我又沒緣故的非常快樂，想著我正年輕，高跟鞋敲在大道上，一步是一步，青春呵，即使是什麼內容都沒有的，也這樣光是不勝之喜就夠了。

抬頭忽見苔苔從宿舍大門出來，我忙跳前去扯她要看旗袍，她便也當眾就脫了學士服，亭亭立著那兒臉紅紅的笑。「噯呀，哪裡來的華航空中小姐！」打趣得她不好意思，嘟著嘴向我抱怨，腰又做鬆，領子又做高了。她其實很美的，長挑身材，細細薄薄的單眼皮，圓闊臉，穿這一身月白色繡竹織錦旗袍，不知是不是剪裁關係，總沒有古典中國的感覺，倒像洋片裡的中國女人，濃濃的異國情調，特別有一種豔。

去年華岡教日文的小山老師，回國前在這裡做了件長及腳踝的桃紅色旗袍，我們姊妹都個別穿了照相。說來奇怪，大家的身材彼此相去也大，卻是穿起來都像量著每個人身材做的一樣，再合適不過了，難不成旗袍還會自個兒放大縮小麼。電視劇和電影裡有時演旗袍劇，怎麼都顯得線條僵硬，好像人去遷就衣裳，連戲都撒不開了。爸爸說旗袍本來袖子和肩之間沒有接縫，是剪裁時連著袖子一塊兒就裁好了，這樣自然沒接縫的那樣筆挺，可是多有空間，反而顯出人身動作時的美。衣服穿在身上首先要與人親，若成了身外之物就是最難看的。賽門最近有一篇文章登在綜合月刊上，是諷刺我們女生大一到大四，衣服和學識的成長率恰好成反比，意思說人越穿越時髦，可不都是一群白癡美人。班上女生讀了都義憤塡膺，我卻好笑，因爲自己就是個最喜歡穿漂亮衣裳的俗氣人，錢不買書，從來都拿去做衣服了。

隨後到宿舍換上了學士服，趕出來的時候，遊行隊伍已經走宮燈路上來了。第一隊就是英文系，系主任費威廉領頭，一把黃棕色絡腮鬍照在陽光底下金金的，身上罩件紅棕大寬袍，鑲著棕色緞邊，燈籠長袖直包到手腕。那袍子的厚質料，和他的高頭大馬迎著風走來，我也覺得肅然了。他開比較文學課程，講魏晉山水詩，我沒選，單是翻翻同學抄的筆記和教材，已無法忍受，那幼稚的程度，就像功夫影集裡甘貴成的參禪一樣。有一次演舊金山華僑開鐵路，一隻鋁壺在銀幕上提來提去，居然壺面斗大兩個字寫著：水壺。費威廉說得一口國語流利，也在黑板上寫中國字，到底還是把「靈犀一點通」寫成了「一點靈丹」。但是他對中國文化眞是仰慕的，我有時非常不忍心，甚至一陣子還想指點指點他，拿三三集刊，和中國筆會翻譯父親的小說給他看，熱心了一個時候。

走在最前面的是張院長，四年來還是頭一回見他。他是一個成功的生意人。樂觀、進取、積極、開朗，而且實際，國內辦大學的還沒有一個像他這樣美國化，首先把「經營」的觀念帶入學府裡來。學校當做是企業來辦，只見其業務的不斷擴展，化學館、文學部大樓、航海學館、建築系館、實驗劇場、教授宿舍都是這兩三年內建成的，驚聲大道旁又新闢了花廊草坪、籃球場、網球場，松濤館的老房子現在正拆了，重蓋五層樓的女生宿舍。新近又作興學生給老師打分數，學期末都發下電腦卡來塡，譬如老師的教學認眞嗎，督導嚴格嗎，分數公平嗎，教材難懂嗎，塡好了電腦統計出來，也算是對老師的一種考績。這可眞夠企業化，差不多是學店罷了。

比起來台大就眞是學術的了。但是今天這般學術，沒有也罷，它的誤人子弟，恐怕更甚於企業化，因爲那學術還更是徹徹底底的美國化。美國式教育，唸文學的是唸的研究文學的方法，歷史的是研究歷史的方法，然後以方法去對應文學、歷史，如此遂根本不能知道文學和歷史了。

台大在五十年代還能出得來一批人才，帶動了相當的風潮，到了今日則已不可能。因爲現今的潮勢，是在數十年的混亂之後，全世界都在認同本土文化，這種尋根溯源的渴望，本來就是情緒成份多於感知，而台大的學生整個被方法論掩覆，其厲害的程度，甚至於情緒的能力都無法了。淡江沒有那麼學院派，有些像雜牌軍不入流，因此反而多了口人氣兒，在殘存的一點點餘裕中，竟也起來了鄉土運動。淡江比台大如果有什麼貢獻，便是這裡的Ph. D.沒有他們那麼盛產。

於是就有人起而發難，說淡江是台大的殖民地呀，現在可能夠自主了，要驅盡台大的勢力云云。我在心底好笑，如此不是氣度忒小了，我們還要光復大陸呢，將來回去之後，有更大的場面要去應對，怎麼這時就禁不住一點風頭，忙著先搞起派系來了。難怪鄉土運動虎頭蛇尾，乃至後來變了質走了樣的，都是缺乏一個大的思想和情操來統攝。本來鄉土運動所掀起的熱潮，很可以乘勢利導有番作爲的，可惜徒然一場喧囂而已。

三三沒能攫住這勢頭，將之導轉而爲我用，此是我們氣候未足，白錯過了一次機會，今後只有從我們自己吹出風潮來，這樣恐怕還要再等幾年。想想我們所要喚起的對象，都是今天物量主義麻痺下的知識份子，眾人的心是何其剛硬？我們的理論又是看起來最不能合現代常識的，這宣傳的工作又將何其艱難？就算我們的一生都已豁出去，也只期盼做到開風氣之先，便是天大的幸運了。

我這樣想著，心上覺得蒼涼，隱隱作痛起來。這四周的熱鬧景致我是置身其中，卻又好像與之完全無關。到底你們是你們，我是我。但我仍是和你們同生於這風日裡的，仍是一個愛穿漂亮衣裳的女孩呀。我熱淚盈眶，可是這淚水是天地的，你們無份，不能替我拭淚。

費威廉走得好遠了，才想起我忘記插進隊伍去，他們大概會繞動力工程館那裡出來，便趕快抄小路跑到驚聲路旁等著。一會兒，遊行隊伍果然轉過來了，我揮揮手，凡凡他們看見，指著又嚷又跳，走近前便一把拖我進去。凡凡今天很漂亮，抹了胭脂和口紅，我又覺得有點怕跟她四目相視，也許艷光照人會是這樣令人不敢逼視的。她卻把我頭扳過去，將帽子扶正，用夾子捺穩了，邊走邊弄原就不好搞，大家又擠著一塊兒走，風大，我的長髮都撲在她身上，兩人眞是纏纏綿綿似的。我一下子不慣，覺得羞怯，也不等帽子整理好，便忽地跳開去，找別人講話了。

阿冠、潘媛、美香和阿彭都做了旗袍，罩在學士服底下看不見，只露出一截領子可以看看摸摸，有桃紅、竹青、松花、湖綠各色。其中阿彭最可愛了，個兒那麼丁點小，學士服的黑色寬袍一穿，袖擺整整長出一截來，愈發是小得可憐，眞要捧在手心上好生呵護著。她男朋友楊各走在旁邊，也是小小的個子娃娃臉，兩個人好像幼稚園的小班生，人見人愛，碰了面總要取笑一番才放過。他們一對兩小無猜，叫人打心底祝福，像看童話故事，乾乾淨淨的善惡分明，大團圓，公主王子白頭偕老，老了還是那麼嬌小。

大路兩旁三堆五堆的家長看遊行，小孩見費威廉一把大鬍子很稀奇，都隨著我們隊伍跑，不斷的喊：「哈囉。哈囉。」路邊一溜花壇插著國旗，鼓動得飽飽的，我們這樣肩並肩一排人昂首走著，遠遠望見陽光下煙霧迷迷的淡海海岸，忽然一份情懷好難說。這瞬刻間依稀觸動了什麼，是來自於民族記憶的，讓人心驚，讓人思省的一種什麼，也許一種身份的覺悟罷？這襲黑冠黑袍和這場畢業遊園，該是從牛津劍橋的傳統而來，在他們，「學府青衿」這種身份眞算是高貴的了，雖然到今天也不見得存在。但是我們有我們自己的，還不只是高貴而已。到底世間還是有一件東西是絕對珍貴的，那使我們覺得自己人身的貴重，眉目清揚，大學畢業生的身份，何止於僅僅做一個知識份子啊。是中國的兒女們，不論現在的教育方式如何卑瑣，師生之間如何破碎，這一刻的觸動，像電擊一樣觸著了我們的本命，本命是中華民族的胎盤，孕育了世世代代五千年，根植在每個中國人心底的極深極深處。我們從層層埃塵裡，像是看到了很久很久以前，一個中國讀書人的本色，只這刹那間的省度，頓時使得這場畢業遊園有了完全不同的風景，也令得這四年來的荒荒度日，即刻有了新的意思和位份。畢業，終於是不枉一番的了。

我望望身邊的同學們，感到滿滿的同情，想著大家這時一塊兒死了也是好的，我又何必去做什麼革命事業呢。

正想著，隊伍就到了行政大樓前，張院長登上樓去，立在陽臺上和我們揮手告別，一身暗紫紅袍子襯著雪白砌石欄，驪歌奏起，廣場上一片熙熙攘攘的。突然人叢裡自然闢出一條路來，轉頭一看，可不正是秦漢他嗎，也穿了學士服，狠狠把他瞧了兩眼，個子很高，也就是電影廣告上那個樣子。可惜沒看到林青霞，苔苔是後來還跟她合照了一張相片，說人很和氣，倒沒有一點明星架子。

遊行散了之後，大家便忙著互相照相，我拉著凡凡照了很多張，好去告訴家人她有多漂亮。小白老遠從永和趕來，成了我們的特約攝影師，因爲凡凡文章裡寫過她，就先覺得和她無隔閡，及至見了面，容長一副觀音臉和仙枝的一樣，更覺是姊妹們了。秀玉今天特地穿上馬來西亞的傳統服飾，一襲紗籠惹得人都搶著和她拍照。那江雅琦更是不得了啦，帶著假頭髮，梳成埃及艷后式，臉上的化妝是最時興的東方神祕型，吊吊的眼梢直插入兩鬢，看得人都呆掉了，她自己有架攝影機跟著跑，另外好幾個相機也都對準她當模特兒。每個星期五一早歐史課，她開著白色轎車來，在驚聲路旁一棵想思樹底下停車，我很喜歡這個時候碰到她，返身將門一闔，那姿態，那車門砰的一聲，眞是喜歡，夠我一天快樂不完。

也和賽門合照了一張，洗出來要告訴爸爸媽媽，他每學期都得第一名，從前我當他是老實孩子，不怎麼看得起，誰曉得一次餃子會裡，才領教了他有多花，又會唱歌又會吉它，笑話是素的葷的都來，苔苔說他舞也跳得好。我就喜歡這樣的男孩，會玩會讀書，而且一點不動聲色，甚至有些呆頭呆腦似的，冷不防亮出一招來，叫人還來不及驚訝，已先又喜又氣，看看這個陰險的人，誰還能不也起了勾引之心呢。何況他最近又寫了一篇文章，我將之演繹爲「大學女生亡國論」，這樣可惡，我也不免要學樊梨花的翻山倒海，叫他來個上不著天下不著地呢。還有一個是林泰華，很有文采的，他喜歡看書可是沒有錢，只好猛逛重慶南路，在書店裡把書看完了出來。

我和他總共沒說過幾句話，卻是四年來彼此一直注意著，三三諸人的文章他都唸過，偶爾校園裡碰見了，不過兩三句寒暄就覺得兩人很近，很近，但我始終不曾想過和他宣傳革命大業，好像他還不是這類人，淡淡的，也許我們就這樣擦肩而過。和他一起照相，眞覺得這是我們之間唯一留下的東西，照完竟然想和他說，別後多珍重，雖然沒說，可是他懂得的。

ＢＢ也從城區部來了，我一眼就看到她，穿著鵝黃色旗袍，她呀，是來生變成了灰塵我也認得的。後面跳過去嚇她一跳，回頭見是我，藍藍的低音嗔道：「你啊——」我就是禁不得她這一聲，趕緊顧左右而言他，又扯出凡凡來介紹認識，胡亂說了些什麼也不知道。ＢＢ的眼神只叫我想起喬琪喬，那黑壓壓的眉毛與睫毛底下，眼睛像風吹過的旱稻田，時而露出稻子下水的青光，一閃，又暗了下去，瞧得人慌慌的，低低的。我大概和她說新寫的一篇短文裡提到她，今天回家之後就把書寄去，只看她唇角薄薄的笑道：「你啊，這輩子是怎麼也離不得我了……」唉，可不正是這句知心話嗎，扯得人心頭一動。但她現在是西北航空公司的空中小姐，已曉得斯斯文文穿裙子，會打扮了，身邊是她男朋友，在海關做事，一副討喜的長圓臉自來笑，介紹時他迷迷笑的說：「朱小姐，久仰大名。」我非常吃驚，以爲聽錯了，ＢＢ的男朋友不該是這樣講話的。看著他們離去，背影在人叢裡消失，心上好酸，替她感到委屈，自己也委屈，難道女孩子長大了都是要嫁人的嗎？我但願永遠在白衣黑裙的時代，爲她的一顰一笑驚心動魄，日子是痛楚而又喜悅的，人彷彿整個飽滿透明了，牽動一下，就要碎得滿地。

ＢＢ和我已不是同路人，今後我們唯有越離越遠的了。自覺到這一點，我簡直心口灼痛，不要，不要的呀，我寧可仍是四、五年前的她和我，心甘情願的只是跟隨她。可是爺爺說「同條生，不同條死」，宗教在引渡弱者，而革命是強的人才能跟上來，差一分的都要給禪棒打落了下去，從來開創天下的就有這麼嚴格。項羽便是在名駒美人上稍微猶疑了，立刻就被打落。BB，和這時代的多少人，雖然與我同條生，卻是割斷的時候就要割斷了，連至親之人都要斷。

BB的那雙眼睛，和單薄無血色的嘴唇，我想到自己的決心，一份驚痛，一份悲壯，一份惆悵。人倒是格外的溫柔下來。

如果女孩兒必得出嫁，我就嫁給今天這陽光裡的風日，再無反顧。瞧呢，這神經天氣，起頭就不安好心眼，無緣無故颳來一陣大風，把我裙子撩得老高，是何居心。其實啊，質本潔來潔還去，也只有那浩浩如天，才不屈我的終身相許。

牧羊橋下的白色睡蓮開了兩朵，托在一片嫩綠浮萍上，橋底下的水沿著觀海亭流出去。流到什麼地方呢？蓮呢，你這就載著我走了罷，我原本不是這世上的，不過謊騙人間廿年，如今要嫁做東風隨水而去啦。舉目東望，大屯山呵，你且受我一拜。你今做我盟證，我這就將黑衣黑冠脫下，還給了淡江的山水。黃鶴一去不顧返，但自有那千載的白雲悠悠，我與淡江也只是風裡來日裡去，其實無情。

再見了，牧羊橋。再見了，淡江。

眞是荒唐。

販書記

這兩天大專聯考，我們批了千把本集刊，和小三三三十多人到各考區去賣書，大家根本就是天眞，想當然的認定了是一場轟轟烈烈。頭日便使了三個大男生坐鎭總部，馬三哥守候電話指揮全局，端端負責包書綑書，慕植一輛五十CC，隨時支援短書的地方，十五個考區，每處分攤有一百二十本書。才開始呢，電話接了三個，原來是沒有登記攤位，不准賣書，建中、北一女、和金華都紛紛撤守，攔計程車轉進台大去了。家裡這幾個男生變得完全失業，一上午呆坐客廳，倒是幫媽媽揀了一籃筐的空心菜。

要說賣書，前時阿丁也曾在學校側門擺一口小攤子，中飯人潮洶湧的時候，就看見一張方方正正的書桌，三面貼著海報，海報做得很大，垂到地上來，都是阿丁一人畫的，墨綠底配金黃字，咖啡配奶油黃，深綠配草青，十分醒目。標語也寫得漂亮，像「年輕的志氣，古老的根」，像「大時代要飛起來，文學是支起展翼的長風」。因爲賣的都是我們的書，經過攤子旁邊，臉先就發紅了起來，假裝沒有看到，匆匆走過去了。阿丁第一天擺出書來，我到底放心不下，一方面也是興奮，便前去打一個招呼，瞥見攤子上一本本耀眼的畫面和標題，忽然覺得自己分明存在著的，簡直是心驚肉跳，竟也向他撒起嬌來：「那，那我不管你了，你自個兒賣去……」阿丁那副樣子，全然是小孩子玩得正興頭，像他做任何事情一樣，永遠是玩，玩到後來，忘了為什麼要做這件事，結果總是一下子玩厭了，便扔在那邊再也不去理會了。

此番因著小三三熱心，大家也就正正經經編了組，配了書，且響亮的喊起口號：「三三夏季大攻勢。」我負責台大考區，先還跟仙枝愁臉相對，她比我更是個不經事的，這可要怎麼個賣法呀？至前一晚馬三哥叮囑了又叮囑，見他那樣看輕我的事務能力，很是不服氣，便暗暗發誓不做則已，一做定要叫天下人刮目相看，這一負氣也負得恁是可笑了。

在台大醉月湖邊草地上鋪著海報，書本攤得一地，候了半個時辰，只是風吹日影來光顧。我們立著那兒，全不懂得招徠，看看連個賣書的架子都撐不出，卻不以為懊惱，單感覺非常謙遜，好像也是湖邊的一株草一棵樹，但能同生於此時此刻初夏陽光的熙熙攘攘中，就是一種喜歡了。偶或有人停下腳步望來兩眼，便即刻覺得那人可以付託終生，可是也就只會靜靜的傻笑。有個和我們年紀彷彿的男生走過，駐足了一會兒，也沒翻翻，便啐一聲：「看這種書，之沒氣質的。」說完揚長而去，周荃聽了很氣，要前去和他罵架，我說：「這樣愛講臭話，定是沒有朋友的，由他自個兒冷清去好了。」

水泥小道上，遠遠的忽見高翔騎輛單車來，神色愴惶，四處張望著找誰，他這時該在金華賣書的呀，跑這兒來做什麼？我叫住他，他才停好車，一骨轆便滾倒在草皮上，「大完蛋，我們金華的，都被趕出來了！來不及跑哦，書沿路滴滴答答的掉……」他那樣一個高個兒滾在地面，四腳朝天舞動，我十分詫異，聽不及說了些什麼。這高翔，眞眞是個小三三，完全把我當成了他的親姊姊，如此撒起賴來，已是把責任全部解脫掉了，當下我也當眞自己是個當家的了，雖然根本還不知道如何處理這突來的意外。

神州詩社是頂懂得賣書的，猜他們必不會白放過今天，這時果然看見了溫大哥，著一件藍白相間花襯衫，晃盪的來，我趕緊朝他呼救，這局面要怎麼才好。他望望攤在地上的書，皺眉道：「這些陪考的家長，送他們的孩子來大學，可不是來讀書。你們這種賣法恐怕不行。」我聽了正算計要改變方式，可巧仙枝這不經事的，又愁著臉來討主意，我便拿她作筏子，定定的吩咐了一番，也是講給小三三們知道。她即刻感覺到我語氣之間的不比平日，硼在這釘子上，咋咋舌一轉身溜煙而去了。我是想著這時候爸爸媽媽不在，馬三哥又坐鎭在家，只好硬硬頭皮效起探春的敏捷來。神州賣書正如他們所說的，打仗，十幾個人，從新生大樓那一端，地毯式捲襲過來至湖邊，才一會兒工夫，就幾乎人手一本《坦蕩神州》，我們雖是東施效顰，也逐個的推銷去，卻根本不是對手。有些顧客書拿在手裡，遲疑的掂來掂去，我倒先替他抱歉起來，攔在前面說：「你看看就好，不用買的。」而他果眞把書遞了回來。有的還沒有走近他呢，便望著我們抱的書開始搖頭了。又有個沒等人發話，先堵我們的口道：「我的錢都給神州他們掏光了。」

炎炎的太陽當頭澆下，蟬聲遠處近處嘩嘩的喧天鳴叫，我們奔波來奔波去，沒一點成績，都有些迷糊了。碰見娥眞也來賣書，穿著牛仔褲白襯衫，愈發顯得身材嬌弱得可憐，她向是最怕生人，最不會說話的，溫大哥如何忍心叫她頂個大太陽出來，受此濁氣閒氣，假如寶玉再世，可不心疼，疼死了。見她臉上曬得兩塊紅斑，汗水淋漓，眞恨不得替她去賣，讓她陰涼地裡休息的好，卻不管管我們自己的都賣不出去了呢。

到了中午，材俊天心也轉來台大，問問他倆一上午才賣得一本，都笑成一團，事情變得眞是滑稽，連有什麼名目也難以定論，我那效法探春更不知效到西天去了呢。我們貼錢出來，要小三三們好好吃頓中飯，偏有個陳弘明執意不肯，他說必要把吃飯的本錢賺足了才甘心，說著逕自遊逛去了，繞半圈回來，竟賣出一套，令大家嗟訝不已。他今天還背了把吉它來，原是要邊唱邊賣，到底派不上用場，徒然一具龐然大物扛來扛去，也變成一種什麼都不是。

下午我和他一組再去金華發展，這次不擺地攤了，光是揹著書本，向走廊樹蔭下乘涼的介紹。我頭次聽他如何宣傳三三，好像生手拉胡琴，總不得弦上，拉出的調子如同裂帛之音，好不驚人，我比別人更張大了嘴凝聽，一陣一陣感到詫異。他道：「 國父說，我們要喚起三千個士。我們今天，也要喚起三千個士，如此反共復國的大業就可以完成……」 國父幾時說過這話來著？可是這樣眞切的語言，你只覺得一直就是在那裡的呀，而其實也是 國父當然說過的了。他講話時那響亮的音腔，那年輕乾淨的臉龐，使人想到黃花崗七十二烈士就是這樣的。天上萬里無雲，陽光照得一洗藍天愈是薄明起來，原來我們賣書賣得這般不成體統，也正是我們的無法安分，像十月風起的時候，人心思動。

當晚回家略做清點，簡直可憐，一客廳人紛紛紜紜，倒也不見怎麼喪氣樣子。爸爸只是笑嘻嘻的，媽媽趕著做了一頓大餐慰勞眾人，大家口味奇佳，盆碗扒翻了底。飽飯吃完，還有明天一整日長長的，又彷佛覺得希望無窮，其中天心最興高采烈，卻不想想她今天賣書成績是最差的，這種對將來無緣無故的喜悅，眞是非常年輕而明亮的糊塗。本來賣書一事算得幾何，若眞的當它是件嚴肅的工作，也未免氣魄小了，好在我們做來都把它超越了事務性，只見人氣人意的悠遊，便可保證三三的事業的確越做越大的，我看了著實心底喜歡。

第二天再披甲上陣，一直和林燿德一起，他本是小三三的發起人，我愛看他生得長挑身材，眉清目揚，他與張良一樣都是男子女相。記得前年有位成大辦刊物的男孩來見爺爺，爺爺要我一旁陪坐，那男孩儘管說了許多中國文化，也懂得唐君毅牟宗三，在今天這樣西化的世景下應屬難得，但我只覺得他氣息不通。送他走後，爺爺即告訴我何以然，原來這男孩沒有詩意，因爲當著年輕姑娘講話，那言詞舉止之間總該有所不同罷，好比柳枝拂著水面，一池漣漪盪漾開來，但是這男孩居然能視若無睹，可見是個沒情調的。學問無論做得怎樣高深，如果沒有性情，便仍是身外之物，到頭終歸一場虛妄，等於從來不曾有過。一切學問根底，包括哲學科學的，都必要是詩意的才是眞的學問。林燿德年紀還小，卻是個柔和禮儀之人，他只把我當成姊姊敬重，但凡主意都聽從我的，偏我又是賣書奇笨，只會對人好意的傻笑，他也不言不語，單是一旁靜靜的陪著，謙和到甚至不覺得他的存在。他才氣大倒還其次，反是從這些做人細緻的地方見出他未來的不可限量。

中飯我請他在紅磚道旁伸出的棚子底下吃，問吃些什麼好，他答我吃什麼他也吃什麼。替他叫了一碗排骨麵，自己點的是榨菜肉絲麵，他看在眼裡只是不說話，到麵要吃完時排骨還沒動一口，我說趕快吃了罷，他這才慢慢吃下去。飯後又要來兩瓶吉利果，喝得肚子發脹連打幾個嗝，兩人相視笑了，這笑也笑得不為什麼，還有比默契更好的是一種親，是此時此地他這個人就端正坐在眼前，四周陪考的家長和考生，也吃得煙氣蒸騰，渾汗如雨。棚搭外面一地刺目陽光，啦啦的行人車輛來去，眞是暑天暑到這地步，也依舊人情如常，沒有任何故事發生。下午坐了計程車轉去成功中學，可是我們倆都是這樣笨，就索性也不賣書了，和眾人擠在有限的樹蔭下，蟬聲人聲沸騰，我們撿起集刊從頭再來讀讀。四點半鐘考試結束，斜陽還是烈烈的燒人肌膚，人潮湧出校門，我們雜在當中浮沉，也算賣了三本出去，然後再搭計程車在台大集合，交割完了有一場慶功宴。

朱陵阿姨更是拋了家中活計不顧，夫妻兩人也抱去百二十本書在師大附中賣，管管叔叔插一枝草標寫道「管管賣書」，哪裡曉得統共只賣得兩本，還是承的朋友之情。他們夫婦因這賣書，孩子乏人看管，額角撞破一大塊，敷著紗布，幾乎蓋住半個眼睛，卻依然活蝦似的蹦來跳去，像極了朱陵阿姨講話的神情。他們也眞是年輕夫婦，全不計較賠進去的車錢和時間精力，陪著我們一群不知天高地厚的瞎胡鬧，朱陵阿姨也玩得興頭似的。如此就完全化解了事情本身的成敗得失，而忽然岔出人生的邊際去了，實在很難判定有什麼名目，只覺要詫笑一聲，對人對事彷彿一下子懂得了，有一種無可奈何的縱容。

因此我們賣書雖是這樣失敗，居然也能大言不慚，堂堂開起慶功宴來，二十幾人殺到水源路的川菜館，分開兩桌，吃的四菜一湯家常便飯。大家味口太好了，險險的怕要不夠，幸好飯是無限供應，又選的四川館子，什麼都加辣椒，辣得稀里糊嚕只有猛扒飯，總算混了過去。這番當學生的拮据，即使在如此繁華熱鬧的場面裡也歷歷感覺著的，所以再怎樣的浪漫仍不至於放誕失志，還是有著現實分明存在的澀意。吃完飯再去吃冰，把人家樓上雅座都包了，陳弘明的吉它這時才派上用場，從建中校歌唱到姑娘的酒窩，泡菜也唱，雖然盡是些靡靡之音，可是因著我們有大志氣，這些壞歌在將來開出好時代時都會掃蕩去，今日唱唱也是撩撥一下，沒有禁忌，況且不怕和壞的東西爲伍，也才有氣魄開創天下，倒寧可不要沾了道學氣。

窗下公館的夜下逐漸甦醒過來，華燈照亮了天空。探頭望去，正是荔枝上市，沿街擺的攤販都賣著，攤上點著燈泡，輝映得荔枝愈加豔豔瀲瀲，直濺到窗口來。晚風一陣陣拂過，帶著濃濃的暑氣，暑氣星光中人語車聲喧嘩，彷彿太平盛世，忽然叫人惆悵起來。現代的東西儘管許多不對，卻到底我們是生於斯長於斯，再壞也都是自己的。我們彈吉它唱歌，行的雖是現代格式，但依稀亙古以來，任何朝代的歡筵良辰便都是這樣的。然而也究竟不能安分於此，還是要有眞正的譙樓鼓定，和江山一統啊。

批來的一千八百本集刊，兩天賣不到三分之一，想著日來的奔波，只有兩個字可以形容，荒唐。但自古英雄多荒唐，君不見劉季本是那多大言而少成事，乃至　國父一生致力革命遭人戲稱「孫大砲」，乃至今天三三所做思想運動而被時人譏爲空想家，皆是一場荒唐。可是誰又曉得中國歷史上的刼毀歷新，卻正是從一場荒唐裡打出來的呢！

人世微波

午後去公館正風堂拿裱字。剛吃過中飯，有點要瞌睡的樣子，而久雨以來難得的大晴天，走在暖暖的陽光裡愈發睜不開眼睛了。

穿著黑色套頭毛衣，黑色燈草絨長褲，罩件銀白針織薄外套，式樣像是練柔道穿的短衣。這銀白針織毛衣原來是外銷品，量洋人身材做的，奇大無比，我們一穿，肩膀竟落到胳膊上來，寬袖子整整長出一截，當腰兩個大口袋垂在膝前，走著路甩甩打打的很好玩。沿著紅磚道逛，看自己的影子走在前面，我快它也快，我慢它也慢，停住不走時，它就立在那兒，一副頑皮的促狹模樣，叫人把它無可奈何。一忽兒，那影子的兩片長袖子竟左右舞動起來，舞呀舞呀，就舞上天空去了……我還在呆看著，被路人一撞，定睛再看時，它已經化作陽光，消失在明藍的天光下了。咦？可不就到了正風堂，當面一幅牡丹富貴圖，堂後一個大漢埋頭正忙著糊裱呢。

這家裱字的師傅約是山東老鄉，相貌生得很好，細細長長的丹鳳眼，白淨臉龐，那一口侉腔侉調，叫我想起《水滸傳》裡的綠林好漢。上回送字來的時候，問他裱褙技術怎麼樣，他說：「壞嘛我們不敢說，要說是怎麼好我們也高攀不上，好歹就是這爿店，你自己去看看。」他自顧在長木柄上刷著漿糊，並不熱心招攬生意似的，卻又不會給人家傲慢的感覺，我想這師傅倒是個實心人，當下也中意了七八分。現在他進屋把裱好的字捧出來，木頭框子，秋香襯紙，兩行字是：

鵲橋俯視
人世微波

他邊用報紙包裝好，邊道：「這字有骨力。寫的人有六七十了罷？」「噯，七十幾了。」他用力點著頭稱讚：「我說這字起碼也要練個三十年嗯。」

我抱著框字走出正風堂，很高興他能識得這字，雖然也只識得了一半。一路走回家，想著這幅字是沒有等級的，寫字的人又是怎麼樣品氣呢。即使此刻有什麼大災難爆發，我也會托這字的福，僥倖避過去的罷。像北門那裡興建高速公路時，我來去淡水總要經過，每次抬頭望見那凝重龐大的鋼筋水泥，要是突然塌下一塊來，必死無疑。死原本也不足惜，只是我有何等大的志氣要做何等大的事業，如果就這樣平白死了，連上天也不允許的，好歹就是這條命，但由老天你自個兒去看著辦罷。半年來從底下走過也不知多少次了，卻是一次次都像第一回走，驚怖膽怯和誠惶誠恐，歷歷如新，也是回回走過去了，心中一喜，反又轉來笑自己不是在發神經病！

街上到處都貼著標語口號，有的時日已久，半邊被風掀起來，撲撲的拍打。前幾天外婆生日，我們一起趕回銅鑼慶賀，傍晚去溪邊散步，路過高速公路下面的涵洞，兩壁水泥牆上橫七豎八的美匪建交義憤之詞，盡是小學生的塗鴉，錯別字連篇，有一行寫的「卡特政府可悟！」我們看著笑著，又驚訝此番國際間的變動，也居然波及這小小的鄉村，小小的孩子身上，似乎與四周的田野山色很不調和，當然也有一行是寫著「陳利龍與黃月花在愛河洗澡」。父親笑說：「也是個『民主牆』哩。」這時正是小學生下課的時候，田埂上三三兩兩走著金黃色鴨舌帽，十分耀目，偶爾飄來兩聲清亮的聲音，那是客家話。稻子已收割過了，田間只剩一片短短的稻埂，我和表妹們赤腳走在上面，泥土柔靭軟涼，整個人都沉淨了下來。菜田也大部份只剩下做種的，長著又粗又大的莖葉，溪邊一叢叢的是鳳尾草，山上漫生著銀花花的野芒，山邊人家炊煙裊裊，斜陽寸寸。仍然還是《詩經》裡的人世，安穩而綿遠啊。

對著這樣的山高水長，我心中落實，忽而慶幸中華民族的精魄未死，她仍然只等待我們，等待我們的招魂啊。美匪建交所激起的民心士氣尚不足以成事，我們復國建國所賴以滋長的生命力和創造力，也不是來自於知識界或文化界，卻是源於這廣大民間的日月山川風露，有這個與我們木石爲盟，隨即就能生出新的信心和力量，而我們的責任將是更重了。

不論目前的客觀局勢怎樣對我們不利，但是懂得　國父所說「革命是把不可能的事變爲可能」，就可以縱浪大化之中，隨處都是驚險，也隨處都是幸運。好像我這當兒抱著絕世的書法，行走在大街之上，不是很危險的事麼，然而陽光這樣溫和，我走著走著已快睡著了。回到家，把字往牀邊一靠，窩進被子裡看小說，也看看它，也看看窗外的聖誕紅映著藍天，便漸漸惺忪起來。

做了一個夢，太陽金燦燦的照在海面上，亮得我要睜不開眼睛了……

有一段路像這樣

校車裡我和王老師說不要陪我一塊下車了呢，因為晚上仙枝過生日，我要去義美買冰淇淋，老師笑起來，說他的摩托車今天送去洗了，正好陪我去買東西，順道回家。大雨澆在車窗玻璃上，淋漓而下，街景像在水裡流過去，忽讓人覺得慌亂起來。

只有一把小洋傘，我說：「早上就下雨了，男生都不知道帶傘。」老師應一聲：「嗳。」王老師的個子很高，就把傘接過去打著，只為了替我遮好，那大半邊身子都濕了，我把傘移過去一些，老師說：「沒關係，你的棉襖要緊。我的大衣不落水，擋到頭就好了。」老師便講起身上這件土黃色的夾克式短大衣，他在美國唸書的兩年，長長的冬天就是靠它撐過的。那也該是六七年前的事，美國是個何等樣的地方，老師又是個何等樣聰明的人，那兩年眞是委屈了他。我看這件大衣也不怎麼厚實，紐約的冬天積雪盈尺，很冷很冷的啊。

彎過金華街，這一帶是高級住宅區，馬路鋪得很寬敞，兩旁有轎車停著，公寓聳立，樓底的傢具店、服裝店、亮著明快的色澤。現代的東西都是靠不住的，雖然看起來建設得很強大繁華，其實是不需要有核子戰爭也會突然的一天都崩塌了，什麼也不曾有過。若有過什麼，就是那時代還存在於某些人的眞正的情義，是此刻此時老師與學生行走在大雨滂沱中，馬路中央的雨水亂紛紛的流向兩邊，雨呵，怎麼再也不停呢？下得人心都痛了。

紅磚道上種著樟腦樹，和梅樹一樣是種會發亮的薄綠色，擁簇得低低的，在道上垂下一團團的影子。我們低頭在樹底下走過，傘頂擦著枝葉沙沙的響，雨光和樟腦樹綠薄的光罩在臉上，顯得異常柔和。隔著棉襖，清楚的感覺到貼在臂上的老師的大衣，有一腔的話要說，但也只是一個滿滿的意思而已。想到前年暑假一個午後，和子儀去興隆市場寄信，那天日頭高張，大風吹得雲影在紅磚道上快速的移動。子儀撐著一把黑傘遮陽，邊走邊說：「在我們那兒，不作興男子打傘哩。要就是女學生幫老師打，還有女孩子替他男朋友打。」我趕忙笑著搶過傘來，不由暗忖自己的身份是什麼，這一動念之間，就有些生澀起來，再也說不出第二句話來，子儀亦不言語。我覺得整個人都發熱了，風又那麼大，四面八方吹來，黑傘這樣撐那樣撐都不對，長髮拂得滿頭滿臉，絞進傘骨子裡去，子儀的衣襬飄揚，撲撲拂在身上，擾人極了。我多愛〈雅歌〉裡的一段話：「等到天起涼風，日影飛去的時候，你要轉回，好像羚羊，或像小鹿，在比特山上。」紅磚道路頭一個棚搭是修車店，我望一望問：「老師要洗的摩托車在不在裡面？」老師指著一輛乳白色的道：「那輛就是。」

今天買冰淇淋運氣很好，贈送一塊巧克力烘餅，義美小姐笑吟吟的遞過來，我折了一半給老師，吃著脆脆的響。看義美小姐包裝盒子，手指那樣伶俐，頭上斜斜的覆一頂船型小帽，而王老師立在旁邊，手裡提著零零七，我莫名其妙的非常快樂，嘻笑個不住。老師說請我吃霜淇淋，兩人便坐到櫃枱前的高腳櫈上，腳下懸空而心亦盪盪……霜淇淋端來，我不滿意道：「才兩層還拿人七塊錢。金華街那家砌的四層高高的只要五塊！」老師也同意道：「是，這家不好。」

經過巷子口，王老師且不進去，先送我上車後再回家。廊簷下等三路，街上的燈火逐漸亮起來，映在雨裡撒得遍天遍地，車輛一部接一部來去穿梭，濺起的水花中街車行人霓虹燈一片倒影繽紛。簷頭隔一陣便注下一貫雨水瀑布般的，幾次伸頭出去探著車子，險些給澆成落湯雞——澆了也罷，因爲今天有一段路像這樣的走過來，好歹只能傾頭給它淋個渾身濕，也算應了件事故。

老師信上談及《紅樓夢》，嘆息今生今世竟何以如此眞實，故不覺潸然淚下，不復知夢裡夢外，何者爲眞，何者爲假耶。老師素來對世事冷淡，獨與我說到落淚之事，我的感激這一生也報答不完的。我發癡的想著，假如車子永遠不來多好呢，我們就可以在廊簷底下並肩立著，一直到日子的日子以後。簷下滴答不斷，雨是再也不會停的了。

錯裡錯

有時候會無緣無故的生氣。像昨天晚上開討論會講「文學的使命」，客廳裡坐滿了人，燈光暖暖的，照得我臉頰發燙起來，我變得跟眾人都不相干。你們說你們的使命，與我又有什麼關係，有一個人偏偏不要在你們辯論的範圍裡！我用著狠狠的目光掃視在場的每一個人，連仙枝長長的觀音臉我也生起反感，因爲現在我甚至是在對自己發怒。

原來說好上午去機場送曹奶奶的，清晨起牀，見窗外冷雨綿綿，很覺無趣，每副面孔今天都是令我這麼不喜歡，橫豎你們浩浩蕩蕩的開往機場，我是不要去的了，就推說感冒嚴重。仙枝還睡在被窩裡，原該告訴她一聲的，我卻使壞想著，你睡罷，不干我的事，便披了大衣，隨大家出來，至對街向曹奶奶告別。冬天早上的雨撲在臉上，我知道正在做一件壞事，可是天底下的人都這樣可惡，連我也是這樣可惡，要壞就還要更壞下去。柏油馬路寒濕得泛著冷光，睡袍底下兩隻凍得發白的腳襯著紅皮木屐，想著自己明知故犯，眞是壞到了骨子裡。但此刻我正在生氣，誰都不可來惹動，有理是我，無理是我。

大家在曹老師的屋裡等齊了一塊去機場。仙枝隨後醒了，亦來送行，進得門來，我故意不望她，低頭看著報紙；雖不望也曉得她臉上的樣子，還不心疼，反而不關痛癢的喊道：「快來看看江子翠案破了。」她果然說不想看了。可是現在我仍然並不認錯。

眾人呼嘯而去，剩下我和仙枝在柏油路上，我打了傘反身就回去，仙枝跟在後面，我一半怕與她面對，一半仍要負責。到了屋裡，知道躲不過去了，只好立在飯桌前，聽仙枝端正著臉色說話：「你今天眞是叫我失禮透了，竟沒有容身之地。我今說這番話，都不是爲了我個人的得失，你若怪我A型的人思慮多也罷了，這話說完今後再也不會說第二次了，都是爲了三三的每個人，不可像你這樣童騃的幼稚。」仙枝說畢，我柔和的答道：「對，今天是我的不對。」我這樣即刻認了錯，連自己也感到驚訝，而其實是雖然認錯，也並沒有罪惡感的。後來仙枝又說：「我或是言重了，看你還承受得住，也不枉我們一番知己。」

先前我無來由的發怒，無來由的使壞弄惡起來，那種明知故犯的拗逆勁兒，幾乎要演成撒旦墮落的悲壯，幸好我忽然的好回來，好回來也是一下子的事，沒有任何緣故的。回想剛才，好像走在斷崖的邊上，這一劫一成之際，眞是驚險極了。

桃花潭水深千尺

去機場送尚玲，BB也去了，都是一年多沒有見面，高中時三人最好，不能想像以後分開了怎麼辦。出境時尚玲忽然哭起來，互相來不及說什麼，最後見她一張蒼白的小臉沒入人叢裡。尚媽媽謝謝我們來送尚玲，走出機場邊解釋道：「小玲她啊，今年暑假不定不回，那時你們都畢業了啦，會一面更不容易了……」機場的馬路寬平，北風毫無遮攔的颳來，心上眞是悲意。

現在我變得非常勢利。像尚玲這次從香港回台，晚上掛電話過來，高興是眞的高興，一肚子的「三三」想要和她說，卻是敘情道安的話說了老半天，總還談不到我要說的話題上，自己分明就感覺到熱情逐漸的下降，又急著沒那個氣氛趕緊讓我開口，很是不耐煩。等聽筒掛回架子上，怔怔的，對尚玲覺得生氣和失望。今天因爲大事當前，眞恐怕來不及了，常常會過分的熱心跟嚴格，話不投機的一竿子就把他挑出去，再也懶怠理會，因此不知錯怪了多少人。尚玲留下電話號碼我亦不打去，倒是臨行前一晚她又掛來，閒聊了一會兒，忽然問：「你們辦的那個三三什麼的，幹嘛叫三三啊？」聽語氣有些輕薄，我更不服氣了，出口便說：「三三，三民主義三位一體呀。」她那裡愣一下，跟著出乎意料之外的激動，一番話說得我十分慚愧。原來尚玲也是個有心人，香港這兩年看的事情多了，忽忽的反省起從前的做人處事，深覺一切都要重新來過，只是苦於未來的出路如何，非常渺茫；而這出路又非個人的，乃是整個國家未來的出路呢，整個民族的意志要向哪裡去呢？從尙玲的話裡，我更懂得了一件事，即使在現今這樣的社會潮流中，年輕的心究竟還未完全枯死，青年們仍然在追尋，在求突破求創造。但是這一切必須統攝在一個民族強大的意志裡，否則突破與創造將全部沒有下文，追尋也成了僅是個人的修行；況且個人的修行還要和國家民族全天下，同修同行同見同知呢。

我對尙玲說，國家未來的出路是傾全力於光復大陸，民族的意願是唯有回到大陸之後，才能眞正的拿三民主義建設中國。同時今天世界性的大問題，諸如空氣污染破壞自然生態，福利制度嚴重斲傷人的創造力，經濟高速擴展把人類文學藝術的情思犧牲，這些都必須在我們復國建國之時才能一併解決。那時世界的局面將是什麼樣子？洪水滔天裡中華民族是唯一爲神所揀選的民族，那張海棠葉是一片挪亞方舟，渡過二十世紀的劫難，一切重新來過。我們的有生之年做得成嗎？那眞是啊來不及，來不及！

電話足足講了兩小時，平時我說話就有些顚三倒四，熱血一湧上來，更如轟炸機般；加上至今打還不慣電話，總是拉足了嗓子喊，像隔著漠漠的空氣講話，雖然屢次警惕，仍舊講講頻率便高起來，一人說話倒像有滿屋的人，那晚大概把她人都炸空了，想著不覺好笑。尙玲又道：「也聽說你們辦雜誌，以爲還是文藝刊物，想來多的是人辦雜誌，也不在乎你們一份，所以興趣不大啦，怎麼曉得是這樣！都怪你以前寫的小說，留個印象，覺得可有可無。」我聽了也笑，從前寫的文章可說都不算數，如今哪有功夫自居小說家呢。有某人問：「你以後準備做職業作家嗎？」言下不勝恭維之意，我見他是精通西洋文學的博士，也就寬容了。文章所以能夠是「經國之大業，不朽之盛事」，必然是有一個「文章小道，壯夫不爲也」的胸襟氣魄，因此中國讀書人向不甘願只做個什麼家，他志在天下，哪裡是西洋分工專業化了的藝人可比的呢。

尙玲A型，最是細緻多情，BB是O型，我B型，三人一起時尙玲總是吃虧，老被我們欺負。譬如BB生日，尙玲暗中聯絡了我一塊送禮物，我過生日，她又提醒BB；唯獨她的生日我們倆兒誰也不記得。她登機前落淚，大家以爲只是傷別，於我卻另有一番驚動。因爲昨夜一席話，已足夠我們終生知己，此去經年，縱然世事仍多錯忤，但只要這份革命的志氣不衰，雖天涯亦若比鄰，我如還有悲意，那也是對冬天風裡的晴空，想要飛去。我是太年輕了，青春用不完啊怎麼辦！

昔日汪倫送別李白，其情如桃花潭水，而我今天送友人遠去，思念的是我們要做的大事。

鐘

我有一座小鐘，是從前準備高中聯考時候買來的，每天晚上一點鐘喊我起來唸書。

夜很靜很靜，鐘蹲在窗枱上講話，說：「努力啊努力。光陰似箭，又如白駒過隙……」夜深聞私語，說的都是知心話，我因此當眞也覺得似水流年。紗窗外的月芽變成了圓圓的滿月，我考上了第二女子中學。

唸大學，外公送我一隻浪琴錶，載在細細白白的手腕上。〈給愛麗絲〉的音符，一朵朵像肥皀透明泡泡，從黑鍵白鍵上飄出來，雪亮的琴鍵映著一雙飛舞的小手，和小手上的金色浪琴錶。鋼琴上插瓶紫紅玫瑰，有十七朵，因爲那年十七歲。

這該是最美的浪琴錶廣告了。可是我才戴得幾回，便給人偷走，而且是戴在手腕上給脫了去的。於是鐘有時候就代替了錶，冬天裝在大衣口袋裡，夏天裝在嬉皮揹袋裡，嬉皮袋也只爲裝鐘，其他什麼東西都沒有。鐘沉甸甸的墜著，時時絆打到腿，我因此比別人感覺了時間是有重量的，且是十分實在的。還有一次，期末考西洋文學概論，鐘忽然在口袋裡大響起來，很叫考場騷亂了一陣，因此也博得了當時不少的聲名——不管好的壞的，總之出名便好。

可是有一天，鐘不動了，發現停止在十二點鐘。我傷心了一會兒，但並不曾想到拿去修理，任鐘蹲在窗枱上。

沒有錶，又沒有鐘，就沒有時間了。好在過的宿舍生活，凡事跟著人家做，上課、吃飯、洗澡、睡覺，總還都在軌道上。漸漸的，我也變得不靠時間生活，看太陽照在柏油馬路上的街影，看門戶外的天光，聞蔥爆牛肉的焦香，聽小學生放學吱吱喳喳的走過門前。我才感到四周的東西突然的豐富了起來，空前繁華。

京戲《玉堂春》的〈三堂會審〉，說那王三公子上京趕考，半路盤纏遭強盜都搶去了，只好三次把院進。深夜裡黑漆漆一片，既無秤來又無燈，玉堂春只用手一約，約有白銀三百兩，便都贈與了那王金龍。幾次我實在需要知道時間的時候，就是這樣的「用手一約」，結果總也不差。而每次我都想到徐露的吊梢眼，和髮髻上簪的水鑽，一閃一閃。我果眞過起了農耕手工業時代的日子，最迷糊，而又最眞切的。

鐘無言的蹲著。下雨了，雨點濺進來，鐘生出鏽斑來。我偶然擦擦窗子，順便也擦去鐘上的灰，抹布是濕的，鐘於是生出了更多的鏽紋。如此大約一年。

昨天我晨起梳頭，驀地見鐘竟然指著一點零五分，抓過來聽聽，立時大嚷起來：「啊，鐘走了！鐘又走了！」

秀月說是發條湊上的原故。可是我相信倩女幽魂的故事，所以我說是鐘的魂魄出竅，四處遨遊了一年才回來。我眞的是這樣相信。

現在窗外有一輪月亮，月亮下是我那座小鐘。聽，鐘在講話，講東海扶桑瑤池的事。

清明節

元宵很華麗，中秋就是玉潔冰清。端午有荒莽氣和異味。中元好像黑棕色。而清明便眞的是寒跟細雨，那時縱有艷遇，也是「借問酒家何處有，牧童遙指杏花村」。他心上的女子，是煙雨裡著一件湖色衫裙的。

今年的清明節卻是艷陽天。一早起來，太陽照在奶黃色牆壁上，那幅拿破崙畫像，騎著一匹戰馬。天邊的雲層濃濃，還有披風，和戰馬的鬃毛都往後飛直，彷彿迎著狂飈的颶風，漫天漫地是烽火煙塵。拿破崙勒住馬繮，臉上是不可一世的傲然，卻在帽子覆蔭下的那雙眼睛有一抹不確定的笑意，像是對畫上所要烘托出來那種史詩的壯烈譏嘲。但是這些都沒有關係，因爲它不過是一個女孩子臥房裡的裝飾畫。而今天是清明節，陽光照滿了一室的清明節。

穿上黑色的襯衫，黑色的寬裙，裙擺兩道窄細白色滾邊，白色的涼鞋，白色的髮簪，我要去玉城看牛。

近十幾年來，一直與墳場爲鄰。前次住在內湖紫陽，新路未開時，每天走柏油馬路上學，路邊有一段就是第九公墓。平常不去多想，它亦是山川木石的可親可思。星期天早晨我們姊妹都去山丘上玩，墳堆裡鑽來鑽去採野草莓。草莓的葉有刺針，花是粉白色，荊棘叢中一點晶瑩的艷紅，是孩子們驚喜的心。採了一手帕回家，盛在瓷白的飯碗裡，擺進冰箱，晚上拿出來吃，雖然只是酸，但本來就不爲吃的。我們撥開濃密纏繞的草莓叢，發現一座小墓碑，朗朗唸出、「顯妣唐媽李太夫人之墓」。天長雲白，太陽炎炎的。

有一回補習到很晚，同學又走散了，一個人走著越來越淒冷，十分害怕，心想著「邪不勝正」，於是唸起〈正氣歌〉，其實也只會一句「天地有正氣」。我是信基督的，那時卻第一個只想到文天祥。這是很可怕的一次。可是那個禮拜天，我還是去採莓子。

現在的住處，更是大規模墳地，坐公車回家，常見火葬場大煙筒聳入天際，吐著濃灰的煙，遠遠淡去，與天色共一。我若死了，靈魂也該是這樣升天。平日等車，隔條馬路，紅磚道欄干外的小山丘，一座墳疊一座墳高上去。秋來荻花遍山，斜照裡蒼茫一片。半山腰又有一枝樹，秋冬整季以來，只是凸枒枒的，襯著一洗藍天，是可以拍藝術照的那種，很惹人眼，然而不知道它的名字。單這就是一樁心事，想也想不完。春天來，我每週從學校回家度週末，不過分別一星期，卻見它忽然的一樹桃紅，呀，我的心事也在春季裡開出了花朵。當下我就叫它一聲「蝴蝶樹」！果眞是春天來了！風一吹，落英揚揚，人間也似天上。而我與它早已相識在秋天，卻到今年花開才知道。人家說它名叫「羊蹄甲」，又名「南洋櫻花」，葉子水綠色兩瓣如蝴蝶翅膀，花有手心大，無風也會朝你招呀招。「蝴蝶樹」只是我和它之間的名字，便也來寫一曲「南洋櫻花戀」，那裡有椰子樹、檳榔樹，和黃昏裡長長的海岸，一個女郎赤足、裸肩，髮際上簪一朵桃紅色蝴蝶花。

在玉城才下了車，仙枝就從後面蹦出來勾住我手臂，叫：「你這全身穿黑，眞的是清明節了。」

玉城全不是我想的樣子。仙枝她嫂嫂的娘家養二十來條荷蘭牛，味全公司都來收牛奶。既是牧場，那地方必是天野茫茫，風吹河畔青青草，何況玉城呢，還更要加上青石板路和楊柳。但是下車來，街兩旁的店舖撲面便是灰色的五金行、機車行、煤氣行罷了，一家稍有顏色的西點麵包店，櫥窗裡飛幾隻蒼蠅。我心裡先就不喜歡，口上直說：「咦？看不出哪裡會有牧場的樣子啊？」仙枝愈加得意了，「馬上就會看到。」原來牧場只是棟大倉房，中間通道，兩邊用木椿隔成牛欄，一欄一隻，望去黑漆漆的。剛探進身子，幾隻「哞——」一叫，出乎意料的鐘磬之聲，嚇得人倒退好幾步，仙枝高興的說：「你看，就是這樣。」浪漫的東西讓人嚮往，現實世界裡的卻讓人覺得「就是這樣」。

房外堆了一綑綑的甘蔗葉，解開來特有一種草香，一根根拿去餵牛，牛就眞是大，舌頭伸出來一捲蔗葉，幾幾要探到我身上，眼睛也大，靜靜的望著你，嘴裡巴答巴答磨著食物，夏日的午後便是如此的漫長慵懶。

我還是喜歡大象，象的眼睛會笑，瞇瞇的，搧著兩面耳朵，彷彿對這個世界不知有多滿意。牛眼就無神，使人想到「對牛彈琴」。但我今天打扮成黑白集，混在一群荷蘭牛裡，實在要分不清了。

仙枝她嫂嫂才生過小孩，男孩尚未滿月，睡熟了眼睛會張開來笑，原來是看見姐母了。嫂嫂在牀邊置一碗飯，盛得尖尖的，請姐母吃，我覺得這些都是眞的。因爲過節，加了許多菜，滷蛋有十幾個，竟然都是深褐色的大圓斑、小圓斑，好像卡通片米老鼠啃了一口的可可核桃蛋糕。供枱上擺著鮮花果什，觀音菩薩像上方是一橫板，貼著八仙過海圖，我與仙枝想了半天，湊出四仙來，李鐵拐、何仙姑、呂洞賓、韓湘子。一直以爲韓湘子是女的。正廳的木門上有張菱形紅紙，描金勾畫著一枝梅、一棵松，松上一輪大月亮。木門外野草地上曬衣服，幾隻蜜蜂繞著汗衫打圈圈的飛，忽聽見一聲牛鳴，好個「庭前飛一蝶，嬰兒夢中笑」。

我因此想到早上出來，遍山都是掃墓人，紅磚路上擺滿了賣紙錢香火的。天氣又晴朗，連不相干的蚵仔麵線、麥芽糖、涼菜燕和冰淇淋也擠來一大堆。公墓進口一座白石雕刻大牌坊，懸面白布藍字標語「清明掃墓，小心火燭」，門前就停輛漆紅救火車，一個救火員立在車邊笑嘻嘻，白亮的防火盔。爲此這麼明艷的一切，就要縱一把火燒山呢。中國人的世界眞是如此實在而熱鬧，死亡也成了喜慶。小孩一手持香，一手持芋頭冰棒，大人教他：「拜呀，拜呀……」

嫂嫂裝了一水壺鮮奶要我帶回家。水壺橄欖綠，當腰繞一圈寸來寬的透明膠紙圖片，仔細一看，一張張是明星照片，套色技術很差的緣故，眼睛、鼻子印出雙影來，紅色的嘴唇，套歪了，上唇湮出半片黃綠色。我認出來都是好老好老以前的明星，鍾情、樂蒂、尤敏、葛蘭。立刻與這水壺有一種異樣的感情，好像幼年時代的我忽然重現了，連同那一段眷村的日子。眷村每月放映一次電影，就在停交通車的廣場上。兩根電線桿中間拴起銀幕，高凳矮凳擠滿了，銀幕背後照樣也看，西洋電影聽不懂，字幕又是左右倒反不能看，一樣從頭看到完。風吹起來，布幕撲撲的飛打著，影片裡的演員、花園洋房，都跟著歪歪扭扭飄動起來，波濤洶湧時，更是現場效果，果眞排山倒海而來，十分駭人。廣場四周的人家一律熄了燈，片子屢次斷，在一團黑暗中，天空是藍灰色，無際的曠野，無際的星星，蒲扇拍拍打著小腿趕蚊子。脖子一場電影仰下來，眞是瘦得不能動彈。一手拖著瞌睡得半死的妹妹，一手拎著小板凳回家，夜氣襲襲，路邊的霸王草露華已重，踏得腳踝滿是草汁子。大一點了，放電影時候不再去看，家中一片漆黑，小枱燈下讀《咆哮山莊》，擴音機轟轟的，偶爾聽見的是鍾情對唱山歌。我每被蚊子咬，一到夏天，一臂一腿抹著綠油精，到處播散薄荷味。這是夏夜，眷村之夜，薄荷之夜，蓮葉蓮花田田，當中有剪紙的古裝美人，鏤空一張鵝蛋臉，是樂蒂扮的「祝英台」。呵梁山伯與祝英台，天公有意巧安排……化成了蝴蝶雙雙，飛向彩虹。我的童年呢？是彩虹裡立著的楊柳青年畫小人兒。

歌曰：「一去二三里，煙村四五家，亭臺六七座，八九十枝花。」我的懷中捧著那罐鮮奶，公車裡晃晃回來的途中，過午陽光照得人睜不開眼。睡過了站，下來對面等車。

父親老家亦是開牧場，帶回家的鮮奶一煮，滿室暖香，都是父親不盡的鄉愁。

風箏的話

星期四考英國文學史，一下午在馬三哥屋裡唸書，黃昏時上陽臺收曬著的棉被，見觀音山一帶風煙俱淨，唉呀，好好的天氣！可是也就在書桌前趴了整日，眞是辜負了這個日子。

那晚在寢室，苔苔回來，進門就說：「今天晚上月亮美得要命。」我聽了轉頭連連看她，平常對她只覺平平的，卻爲了這句話要對她另眼相待，因爲「現代人」都是不看月亮的。現代人看電視裡的月亮，像三毛寫的「塑膠兒童」，塑膠時代，人與自然都不通消息了。

有一天聽爸爸講黃鼠狼的故事。黃鼠狼時時會朝天拜月，我跟天心一起脫口出來：「啊？它會看月亮？」

和天心，天衣常在禮拜天早晨走兩站的紅磚路到街上吃豆漿。我們總愛講阿丁的童話，一個小孩放風箏，風箏鼓鼓的直飛上天際，說：「我要那片白白的雲朵。」於是，大家快來看哪，那邊走著一個小小孩，白白的雲朵在他頭上跟著走呢。

秋日的天空這樣長遠，我們也來放風箏，說：「我要那一塊藍藍的天。」然後在圓圓的天篷下喝豆漿。那藍呵，映得碗裡都是希臘的天空希臘的海，而我們卻要做大漢天下的三仙女。天心喝甜的，我要鹹的，天衣要甜豆漿裡加油條。那老闆娘一雙手可以捧上四碗冒白氣的大碗呢。

我們回去時買一袋蘇州梅，一袋菱角，走著小路邊吃邊說笑。我體育課新學來的舞劍，在路上拾到一根樹枝就可以比劃起來。一共才學了十四招，全部有九十三招，結束的叫「青龍收勢壯山河」。

第一招叫「頂天立地」。現代人還要能在塑膠的時代裡站出來，像風箏那樣直飛上青天。

星期六的下午

天氣太好的時候，人會哪裡都想飛去，結果就只是在牀上擁著薄被單，度過一個星期六的下午。

頂愛半睡半醒的，想著阿丁編的童話，有一個小男孩牽著雲朵像牽七彩氣球一樣，靜靜的移過窗前；或是雨點一顆一顆蹦進牀頭來，說一些大西洋的傳奇。

頂愛這當兒，仙枝放假趕回來，「呀——」的推開紗門就喊：「天文呢？」我在樓上躺著並不理她呢。然後聽她咚咚咚的跑上來，想那是地攤上二十七塊買的大皮鞋，果然穿兩次就開口笑了，可是她還常常穿。

她在門口望一望，只好下樓去。我這時哪有閒情理她，天上王母娘娘的瑤池蟠桃會正在等著我呢。樓下是媽媽餵狗貓，聽得仙枝的大皮鞋跟前跟後。十條狗十口搪磁大碗，鏗鏘作響的一片，還有媽媽的斥喝：「黑皮，不准搶人家！」

窗口一朵朵的白雲，我便直飛那裡遠遠的天邊。

一覺醒來，不知清晨黃昏，被單細軟清涼，眞是船坐春水如在天上。依稀間聽著零碎的風鈴聲，疑是在夢裡，卻又樓下響起了媽媽沙拉沙拉炒菜的熱鬧。就是這樣的下午，終於也和仙枝出去逛了一逛。

公園號那裡喝酸梅湯，旁邊的烤魷魚好香好香，我們對望了半天，我說這個烤魷魚讓我來請，她說我請她是不吃的，還是她請，可是我也不吃，兩人就立著聞香，覺得這樣也很好。臨走前，順便問問他價錢，頭部連著鬚鬚一副二十，身子薄薄的一片十塊。「那，眼睛呢？」「眼睛，一塊錢兩粒。」我們聽著很是詫笑，就買了它兩塊錢，四顆。仙枝還說：「多給一點作料啦。」後來走到公園旋轉門，吃著實在味道美，又轉回來買了四塊錢，而且還多饒了一顆，兩人嗝嗝的笑，那人也無可奈何。我只覺跟仙枝在一起，什麼事情都是好的。

十月的風都是金色，一陣颳起來，漫天漫地碎碎的陽光。沿街插著的國旗在風裡劈劈拍拍的飛舞，好像辛亥的血淚都在我們今天兩個女孩的笑語裡。那青天白日滿地紅是窗前的一朵朵白雲，夢裡總要飛去。此時沒有過去和將來，有的只是十月的陽光、十月的風，和仙枝這樣跟我走在一道。

迎面走來一群建中學生，擦肩而過時，其中一位故意說給我們聽：「那個是前屆中山的。」仙枝朝我問：「ㄊㄗˇㄇˊㄓㄉˋㄋˇㄕˋㄓㄕㄉ？」這是我們的黑話，取每個字的聲母來講，這句意思是說：「他怎麼知道你是中山的？」我也用黑話答她，那傢伙是看我穿的白上衣和還沒拆乾淨的學號；又笑說，現在看到卡其服藍夾克的，再也不會「怦然心動」了。

想到以前最喜歡國慶日去總統府前的廣場舉花圈，我們學校大概排的是「歲」字的半邊。國慶日早晨一起來，天光明迷得叫人好疑惑。拿著大紅花圈坐車子到市中心，車內兩排面對面都是持紙花的學生。對面坐著一排卡其服男生，叫自己只有一心低眉垂視膝蓋上擁簇的花團，感到那爛爛的艷紅都湮入心上，一車子載不下的霞光直濺得窗外一路是十月。

我們又走到西門町，沿路看衣服、看鞋子、吃老爺冰淇淋和棠梨。我最愛看新娘裝，台北的新娘服常常太花巧，很俗氣，可是還是愛看。仙枝說等我于歸的時候要送我一件頂好的禮服，我聽她怎麼不說結婚說于歸，很新鮮，又央她說了一遍。

我的身材沒有個性，所以成衣大致都穿得；仙枝的則是臉蛋長，上身更長。在遠東公司試穿衣服玩，我穿還好，仙枝穿了在鏡子面前照來照去，皺著眉頭：「我眞糟糕，臉長，身子又長，怎麼行呢。」她說的一臉正經，可是好像在說別人的事。

看櫥窗內的擺設，兩人愛互問：「這一排裡，妳最喜歡那一個？」這時候我總要伺候她的顏色，生怕說得不對頭：「你呢？」但是仙枝也在等我的反應呢，結果總是哈哈大笑起來走開了。只覺得我們好親近。

回家的公車上，斜斜的陽光浮沉著塵埃照射進來，夕陽紅紅的一個圓輪彷彿在車窗外，伸手可以撈到，墳墓山上已有先開的芒花，秋風中搖著銀灰色十分迷離。坐在車廂裡顚得很厲害，落日一下子在車子前頭，一下子又在車尾。這時候的太陽、芒花和塵埃有楚辭裡南天之下的洪荒草昧，突然的要爲之驚心，叫人好解不開。

鄰居一位老媽媽上車來，叫了聲李媽媽好，讓位給她。她問一些學校的功課忙不忙，今天上哪兒去呀，氣候換了要照顧身體。她的鬢髮抿到耳朵後用夾子夾著，有一綹沒夾住的跳出來，映著夕陽，是花花的七彩，臉上的皺紋在陽光靄氣裡都模糊不見了。這是一張沒有性別，沒有歲月的臉呀……

我們出門走這一下午，卻像什麼事都沒有的。星期六的下午是這樣的麼?是這樣的麼?唉，那屈原又與我有什麼干係呢!我自是青天白日滿地紅下的女孩，我還要趕快回家，跟蹦進紗窗來的雨星星說話，它們說海的那邊，楓葉紅得好像要燒了天。

媽媽的抽油煙機應該呼啦啦的響著了，天心在客廳裡彈〈教父〉，老爹呢?大概又在撿拾滿地的桂花，冬至時包桂花湯圓吃。炸雞腿的香味已飄出牆外來了。

招財進寶

今天是一九七七年的第一天，早上十一點半起牀。才披上大衣，摸到口袋裡剩的巧克力，剝一塊吃，牙還未曾刷。

昨晚從學校趕回家夜飯，一直想著今年的最後一晚呀，總該有些不同的，一定有的——探頭望望車窗外，正經過介壽路口，總統府一行橫大，盛妝得好熱鬧，不知幾千盞小燈一顆一顆串接起來，勾劃出這樣一棟建築的每扇門窗，都映得台北市遍天遍地光華。介壽公園小小的，黑暗裡一朵朵檸檬黃色路燈。

過了晚上十二點，我就二十一歲了呢！

可是，二十歲的最後一晚就只是這樣的麼？這樣再平常不過的擠在欣欣巴士裡，抱著花棉襖。車頂邊電影廣告有張《最長的一日》。那是隆美爾立在諾曼第海灘，英吉利的海潮拍岸低迴有著襲襲肅殺之氣，他變得忽然膽怯而渺小，於是極大悲劇性的說出：「不論對敵人還是對我們，那將是最長的一日。」一九四四年六月六日，是連諾曼第沙灘上一粒風化了的小花貝殼都活在歷史的一刻裡。我的此時此刻呢？單是車窗外招展的聖誕紅逕自艷麗艷麗的麼？

二十一歲好像面孔平平的。

車停在金華女中。站牌下一位國中制服女生，圍著白色紫紅色格子相間鈎成的長圍巾，揮手和她朋友道別，一張方方的臉笑起來牙齒好白，像畢蘭卡斯特的。車子開動了，她又追前幾步喊：「祝新年好——啊……」這眞是句不適宜的話，她大概也訝異怎麼突然說出這種辭句，隨即吐了個舌頭。車上門邊立著的她那朋友，道地的一個國中女生，總是那抹生生的不自然。她們之間定也是赫塞《徬徨少年時》的種種罷。

擠在身邊的婦人長頭髮有時撲到臉上，隱隱約約一絲香氣老是在心頭上拂來拂去，神魂不知怎地就飄忽起來，一股莫名的悵悵然，想著今夜十二點整必要來樁不尋常的事，當做二十歲結束的紀念。直到睡前刷牙時，猛地記起那婦人的髮香是烏亦麗的，跟我用同樣牌子，便即刻覺得和那女子很親近，卻如何記不得一點她穿的什麼，長得又什麼樣。這才又想起十二點整的誓願，急衝出洗澡間，牆上的電鐘已是兩點四十七分。

而今年的第一天竟然起得這麼遲。整天也只在屋裡晃晃盪盪，穿著媽媽的胖睡褲。後院柳樹禿盡了，倒是樹下一片虎皮菊開得正艷，摘它一大捧來插瓶。那一簇虎皮菊像我黑底金黃色碎花棉襖一般富麗熱和，是美國南部暖暖的陽光下，一望無際的玉米田、棉花田。

我現在安靜的端坐在書桌前，想二十一歲的第一個晚上就要過去了。桌邊一隻笑迷迷的小豬存錢筒，身上印著凸起來的金字：招財進寶。

寫在春天

開年來聽到一句好話，寇牧師說：「信仰要冒最大的危險。」我喜歡危險這兩個字，因爲危險才是青春永駐，桃花就是非常危險的。

春天裡的花，杜鵑像爆竹一樣，一叢叢在身邊炸開，那艷艷的紅與白十分世俗的熱鬧，春天踩著滿地的爆竹屑來。櫻花開在春天的外邊，與春天只是拂面相笑。桃花則是在春天的邊際上開著，一不留神就要岔到外面去了，這眞使人懷念起晴雯來。

晴雯何嘗不心悅寶玉，何嘗不曉得釵黛等姑娘與之要好，她一個奴子身份能存什麼想頭？周圍又有襲人一干成日價持護寶玉，她若計較起來眞要纏綿悱惻不完的，她卻索性什麼都不去想了。本來我今生唯有寶玉是至情的，但連如此珍貴的我都可以捨之不顧，這反逆的激烈和剛強就是春天的機鋒，足以使萬物復甦，生生不息。「桃花女鬥周公」，那股潑剌的生命力，也是天上地下無人可奈何得了她。

還有菊花和楓樹也是春天裡的。前幾日忽見媽媽捧來一束菊花，黃金金的如秋陽炫耀，屋子裡立刻都是秋天，令人一驚。我仔細看著媽媽，找出一尊寶藍描金龍大花瓶，七八枝花朵一古腦的塞下去，臉上那鼓著的腮幫，神情非常正經而拙稚，完全不會插花的樣子。我不禁喝采道：「噯呀，這花都叫插活了。」立春時去陽明山玩，竟然見到多株楓樹橙色得滿天雲霞，在樹蔭下站一站，把臉也燒紅了。世界上也只有這塊地方，能夠是春秋同在一個藍天下。

陽明山現在是桃花開，和草山橘生在一起，待櫻海季節人潮不斷時，就見不著桃花了。原來桃花不爲觀賞，卻是生長在世間人家，庭院裡、畦田中、陌頭上，一枝桃花一片春色。這春色且不可以輕浮，隨便入了騷人墨客的文章裡，它當是一年耕稼之事又要開始啦。所以世外桃源仍舊阡陌錯綜，桑竹之間雞犬相聞，仙境裡照樣有人事的繁華安穩，並非牧歌文學中，那山林溪泉的女神們日日撩著七弦琴，半人半馬追逐在郊野上對唱求歡，眞是冷清得可怕。桃花的飛揚在它開放時的姿態，青春橫艷到什麼都可不管，豁出春天之外了。而桃花又有它自己的靜素，靜素是在桃花生長的整個背景上：「之子于歸，宜其至家。」

今晨我和馬三哥在校園裡，見路邊的桃花開著，我說：「桃花是我的顏色。」他笑了：「桃花？人家容易把它想歪了呢。」我也笑道：「想歪了也好呀。」不是嘛，今兒個正是「春林花多媚，春鳥意多哀，春風復多情，吹我羅裳開。」而我日子正當少年，天地也要驕縱三分！

如霧起時

那天晚上，么三洞停在花蓮港，等第二天我們上岸去太魯閣和長春祠一遊。

這夜裡，師傅們只好加班，爲做野餐。我在甲板上閒來無事，只有廚房不曾玩過，於是跑去湊熱鬧。家人當我是呆瓜，唯來到這裡，水兵們視爲嬌娃，也不嫌棄我廚房裡頭礙人手腳，哄上了天，其實我不是這樣稚嫩的，可是偶然幼小一下，也眞有意思。

輪機長大個兒，也來客串剝蛋。他問我平常愛做什麼，原本可以講別的，偏要說愛寫文章。「寫哪一類呢？」「小說。」這似乎胃口很大，他卻不怎麼放在心上：「投不投稿？」「寫了當然投啊。」「投了多少篇？」「登過的五篇，還沒登的有三篇。」然後他問筆名，「用原來名字的。」他亦不知，又隨便道：「登在哪裡？」這下就要掀底牌了，先故意矜持一下，他果然非要追究，講出來，他被震住，直叫「這麼棒呀！」還轉播給別人聽。我曉得多半因爲我太幼稚，沒有作家派頭，而且正在他身邊剝白煮蛋。久久，他才發言：「噯呀，你非寫個剝蛋記不可——把我寫進去。」

這些都是後話。

當初參加北區海上戰鬥營，是聽說每天夜晚甲板上開土風舞會，太平洋上跳舞，美死了，可是六天下來，僅到達左營那晚的惜別晚會，勉強湊合了一場交際舞。剛開始不久，飄起雨來，一片星光水影朦朧，合該奏起〈綠島小夜曲〉，發生一段羅曼史，偏是輔導員們害怕大家感冒，攆到船艙下面去了。

初次見到碼頭，簡直——呆住了。東西都麼巨大，而且空空蕩蕩。立在碼頭大廳裡，叫人手足無措，好像買回來的漂亮筆記本與信箋，一頁一頁的空白潔淨，帶著紙香，想像如何筆酣墨飽在上面一橫一劃，好容易運足了氣，才一筆，竟然驚天動地，都不敢再劃第二筆。家中一本「乾隆甲戌脂硯齋重評石頭記」手抄本，第一回的頭四個字「甄士隱夢」寫得全不對，那是面臨一張空白，反射得自身格外存在著，實在是要震動的。

想到高中歷史課本，講 國父的早年事跡，有一句很記得：「十四歲赴檀香山，始見輪船之奇，滄海之闊，有慕西學之心，遂入英美教會學校。」我今天一樣始見輪船之奇，滄海之闊，也是要立泰山東海的大志。

這裡的麻繩手腕粗，牢牢的繫住大船，神話中說天是四根柱子撐起來的，看見這樣結實的船纜，原來現實中已經存在了。小學二年級的圖畫週記，上半面畫一隻大船，下半面寫道「爸爸昨天去金門，因爲海浪太大，船快翻了，還好有人拉住繩子，才沒有翻。」小孩子把軍艦都想成玩具了。

而且小孩子畫軍艦畫成蛋糕一樣，一層一層高上去，頂尖一面旗幟，所以怎麼樣干戈的慘烈與悲壯，也可以只是嘉年華會的熱鬧，旗幟是滿場繽紛的彩紙。

最高層指揮橋叫艦橋，下來為艦長室，叫little cabin，直譯成「小木屋」，不知軍隊中也如此活潑可喜。有一部美國小說叫《湯姆叔叔的小屋》，我蠻喜歡這題目，好像童話裡的糖果屋，一看卻十分淒慘，看不下去，翻到最後，更是沒有好結果，就冰凍回書架去。也有人翻譯成《黑奴籲天錄》，見這種標題，大概都不會想去看它。再下面依次為官艙，後座艙與下官艙、坦克艙。女學員住後座艙，男學員住坦克艙。後座艙搭吊鋪，我的在最底層，上面還有兩個，每次睡覺，總得先伏到地上，然後一個翻滾，滾進鋪子裡。一回吊鋪下面梗了個什麼東西，迷迷糊糊輾轉一夜，早晨起來，才發現是一雙涼鞋，已被壓成酸菜乾一般，後來上鋪女學員向我發牢騷，我假裝不知道。坦克艙打地鋪睡，開船時，晃得很厲害，男生暈船的還比女生多。有一個瘦高個兒，約是睡覺扭了筋，長頸子僵直的斜偏著，又暈船暈得面目模糊，甲板上來去，遊魂似的。

軍隊數數的術語是么、兩、三、四、五、六、拐、八、勾、洞。我覺得「7」更適合「勾」，「9」更適合「拐」，恐怕他們弄錯了，追著水兵問，卻也沒有人在乎。

馬三哥學了一年文字學，央他解我的姓。他說「朱」從木而來，寫成「木」，因有一種樹木，其心紅色，於是在「木」中間加一點成「朱」，便是「朱」字了，本意為丹木，屬指事字。我外行人不服氣，說文字學是穿鑿附會，紅色的東西那麼多，像「朱門酒肉」、「朱門恩怨」，為什麼不從「門」，非從「木」不可，偏偏又是一棵丹心之木，更無道理。他說造字當初是創作，有個人主觀的認可，後世只好遵從。我仍然不服，還是他說了造字那時還沒有門呀，這才頓悟過來。

軍艦頂端，桅竿上飄一根細帶子，海軍稱「馬鞭」，有其典故。當年西班牙霸佔海洋，英國後來居上，在一場兩國爭奪霸權的海戰中，西班牙船桅懸一隻掃帚，揚言「我們將把你們掃出海洋之外」。英國還以顏色，懸一條馬鞭，豪言道「我們要鞭策海洋」。這很像鄰家小弟玩鬥劍遊戲，但他們是兩個堂堂大國呢，西班牙掛一隻掃把，難怪要輸。

於基隆港報到，第二天晚上十點才開船。其間我們坐小艇到港口另一岸，參觀驅逐艦和五兩兩。五兩兩當天早上才行下水典禮，以後將往來於金馬台澎，專載休假的官兵。裡頭一片新景物，冷氣開放，一個轉角一個飲水器，著著實實的冰水，大家可得逞了，轉個彎喝口水，肚子漲得老大。我始終弄不清船艙的通道，走走怎麼又是在原處，眞個的「這話又說回來了」。參觀完畢，誰都沒有離開的意思，因爲冷氣太痛快，夏季的基隆港，海水加太陽，等於「異鄉人」。一次和天心逛街，走不動了，跑進人家鞋店裡休息，吹著冷氣，一坐竟然癱瘓下來，只好買雙涼鞋，可以坐得久一點。

艦上有一群馬來西亞僑生，十分醒目，穿著夏威夷襯衫，像花蝴蝶的到處飛，我老是錯覺他們頸子上掛著花圈。一回聽一位四川籍老士官蓋韓戰，他是一萬四千個證人之一，談到四川，我爲僑生們作註，四川又名天府之國，抗戰時的大後方，正在想抗戰是不是也要註解一番，僑生中一個徵求意見的說：「那裡的桐油、甘薯和豬鬃是不是佔全國第一位？」老士官很詫異：「我不知四川這麼好咧？」高雄大貝湖花生有名，台中是太陽餅，新竹米粉和貢丸，花蓮是粟餅，天祥筍乾，可是當地的人卻不知道，我要曉得台北名產，還是得問台北以外的人哩。遊阿美族文化村，買了一張蝴蝶標本書簽送給他們，現在想那時候的心理是做國民外交，結果仍舊把他們當成化外民族，眞糟糕。僑生說話好比在唸「吃葡萄不吐葡萄皮，不吃葡萄倒吐葡萄皮。」

知識份子大概都看不上阿美族文化村，說是已經商品化，見不到原始的大力和樸拙。前兩年中橫健行，遊過此地，阿美皇后著山地服裝，外罩大紅鑲白色滾邊披風，頭戴金冠，胸前斜配綬帶，下面三寸高泥金玻璃鞋，走著邁阿米伸展臺的步子出來，花團錦簇；那張山岳起伏的臉龐，窪眼睛、高顴骨、闊嘴，還是山地的。我單覺得辛辣刺激，商業世界到這裡，只成了對比。今日再來，這些全沒有變化，她的國語、英語、日語的台詞也幾乎一句沒改；而且她仍舊那樣相信自己的美貌，相信我們是大老遠專程來瞻慕風采，所以笑得那樣殷切。她是每天都要如此的呀，這樣謙卑，怎麼可以？節目有舞蹈唱歌，那些山地女孩一看多是國中生，暑假來賺外快。女孩們初次調朱弄粉，又要端然，又要不屑，一張臉什麼表情都不是；但他們場子裡跳舞，個個端然，眉頭緊鎖，實在是原始的本色。觀光客忙不迭的拍照，套上山地服裝，摟著阿美皇后，笑呵呵，皇后只到他腋下一般高。反而我們，心中也高興一片珠光爛爛，偏又要來瞧不起，變得左不對，右不對。此刻草廳外驕陽正炎炎的，照得石子路上耀白，一尊木雕酋長，叉手抱胸，立在路邊，臉上堆著橫肉，很兇惡。

么三洞緊靠東海岸走，並不覺得船在進行，單是沒年沒月的，與中央山脈巒巒悵悵的。晨起，梳理乾淨，立在甲板觀望，臨風波浪，想要飛去。右舷一弧山色，薄暮裡呈青灰，左舷太平洋，太陽將出未出，而它只是太平洋。

我旁邊站一位女孩，昨天晚會上，她主持一項遊戲競賽，耍了個俏皮：「比賽結束，乙隊光榮獲勝，贈送紀念品，原子筆——一打。」說著，手中的原子筆即朝隊長頭上打了一下。現在海風拂來，把她長髮吹攏得飛直，頭皮繃得緊緊，眉眼都成了平劇裡的吊梢，她的白色翻領在風中劈劈拍拍。忽然她朝我叫一聲：「看！海豚。」原來一對並比的正在艦首邊，隨波浪一躍一潛，隱現了四五次，唯見海面已經燐光閃閃，我又不知怎麼錯過日出的那一刹那。眞是海上生明月，月亮裡，人魚撩著七弦琴，音符一朵一朵開出來，在浪花上舞蹈。這一片汪洋，好像什麼都是，又什麼都不是，而那一張風中的臉，只覺蕩蕩莫能名。

艦過巴士海峽，登時大風大雨起來，船身搖擺很厲害，水手們最厭惡航行巴士海峽，風浪總是如此，我始終不暈船的也撐不住了。艙底空氣不好，只有在甲板的通道上，抓緊欄干，一隻歌唱完又一隻，跟風雨浪濤比賽，淋得渾身濕，也不覺得。一位男學員過來搭訕，說人生好比航海，只顧說著，船一傾，差點沒栽出去，想到京戲裡小丑道：「八成小命兒要吹燈。」

左營解散那天，官兵們盛裝白色禮服，開過雞尾酒會，集體歡送我們。輪機長握過手還說：「等你的剝蛋記。」他的大臉，身材魁武，該去唱黑頭。專車開走時，艦上白森森一片揮著手，只他比別人高出一個頭。他的手掌厚大，可是軟綿綿的。

海戰那一夥，今天見到我的文章，必然將疑不疑，正是「時人對此一枝，如夢相似。」我的達摩一去，追也是不能追得回來了。

假鳳虛凰

看完小徐演的《伊底帕斯王》，從活動中心出來，我和凡凡說：「下學期我們也參加世界劇展，你演茱麗葉，我反串羅蜜歐，好玩得很呢。」兩人都大笑了起來。爲什麼不呢，我一直以爲這是很當然的事，凡凡長得天人一般，不必裝扮已經是茱麗葉了，聲音好聽，英文又講得漂亮，唯一能與她匹配的，除我之外還有哪個人？

可惜這份願望始終沒能達成。下學期的世界劇展演出《縱火犯》，凡凡和秀玉分別擔任女主角，我向來是非主角不當的，既然我當不成主角那還演什麼戲，下野爲民了罷。小時候就是這樣，頂愛吹牛，又凡事要做主角，玩起殺刀定是非于素秋或蕭芳芳不幹。記得有一次聖誕節教堂裡演短劇，描敘耶穌的誕生，由主日學小朋友扮演，我滿以爲可以演馬利亞的，結果只是扮天使報佳音，頭上戴著金紙糊成的冠，手裡持著一枝銀棒棒，拚命的表情，拚命的把台詞說得又甜又美，儼然一副喧賓奪主的姿態出現，可見有人從小就這樣的名利心重哩。

小學三年級同班的一位女孩叫吳以苓，聰明得不得了，現在讀台大，是我們那一屆丁組的榜首。小時候和她最好，每次玩殺刀必是她扮師兄我扮師妹，在學校後面莽莽的草坡裡追上追下，小孩的世界那山坡也不知多遼闊，草多長，天多高，她的頭髮自然鬈，乾乾淨淨的夾在一邊，露出整個飽飽鼓鼓的大額頭。我不知不覺也變得和她一樣，愛咬大姆指，眨眼睛，講話急急的帶著一點口吃，養成了習慣竟然改不過來，挨了媽媽好幾次的打。後來從別的學校轉來一個黃慧中，嬌滴滴的香扇墜兒，總不和我們玩殺刀，光是一旁靜靜的觀望，我們為了拉她進來玩，甚至不惜把我的師妹讓她當一當。看著她被蛤蟆精一掌擊中了丹田，師兄邊戰邊扶持她躲進仙霞洞去，然後登華山向王母娘娘求得靈芝仙草，我雖然表面上假意歡笑，身子可真是涼了半截。第二天上學就故意不先去找吳以苓，試試她可會來和我說話，哪知她也賭氣不理人，放學還跟黃慧中結伴回家，氣得我哭了一個晚上，又恨又悔，兩人便這樣倔強了好幾天。一天上學途中碰到黃慧中，問我是不是和吳以苓吵架了，我居然會這麼說道：「人家心都碎了……」那樣的年紀怎麼可能講出這種文藝腔來，實在令人不可思議。下午輪到我們掃地，掃掃不知怎麼就撞到一塊兒，她傾下身去找著我的眼睛笑說：「讓我來看看，你的心是不是眞的碎了……」她一隻眉毛挑得高高的，眼睛裡都是閃著慧黠的笑，我們才又和好如初了。讀到《紅樓夢》裡「杏子陰假鳳泣虛凰」，比照比照自己和藕官藥官蕊官，原來也是個慣會作張作致的戲子命呢。

凡凡這麼清秀的人突然演起戲來，在臺上裝嬌賣潑，判若兩人，每個人都十分訝異，玉山更是不能適應，好像凡凡背叛了他。大概只有我，我一點也不認為奇怪，因為我太明白了，我們兩個都是外貌玉潔冰清，骨子裡其實又貪玩，又好出風頭，世俗的歡樂場合永遠不能放棄的人。我更過分，如果有機會扮演主角的話，相信我可以演得很好很好，但是首先戲本兒必須符合我的意思，就是主角的服飾要穿得漂漂亮亮，壞蛋可以演，貧窮戲和落難戲則絕對不演。凡凡還眞有對戲劇的認眞與執著，我就純粹只爲了好玩。爲了好玩，也終於粉墨登場了一次，扮起天衣《貴妃醉酒》裡的宮女來。

當初宮女人選不夠，還準備拉阿丁來充數，阿丁他呀，本來也就是女流輩一個！最明顯的分野，早晨起牀打開報紙，材俊讀體育版，林端國際大事，只有阿丁跟我和天心一樣，《民生報》的影劇版，然後電影廣告，然後聯副和人間。公演在工專大禮堂，阿丁下面當觀眾，連觀眾也當不好，發生了「十卅大慘案」，提起來老天爺都要笑翻了，只是此事不可以爲外人道也……

不說貴妃的鳳冠霞帔，單是宮女的衣裳就已經這樣華麗豔美，緞子的質地貼在肌膚上，滑滑涼涼的，迷死人了。宮女八個人都沒有貼片，仙枝的臉長，也幸好沒有貼，不然要成了腳跟筋。我就糟了，頭髮全部攏到後面，毫無遮蔽的露出一張圓臉來，圓得不可收拾，恐怕要用「面若銀盆」來形容了，拿臉和盆子比，眞是多麼可怕的事！仙枝抹紅抹得不夠，我的又特別濃，一長一圓，一白一紅，站在貴妃兩邊，一個是苦瓜，一個是桃子，完全的不成材。

還是淳琬有個樣子，隨便揮揮袖子就比我們不知好幾百倍。淳琬長的像埃及雕刻裡的王妃像，眼睛吊吊的插入兩鬢，有一種冷艷。我們女孩淘裡，她可比大觀園的蕉下客探春，而比探春滑稽，會耍寶。我和仙枝掌扇壓尾，她持燈帶頭，非她帶頭不可，否則挖門，做胡同，一翻二翻，早就走迷糊了。貴妃喝醉了酒，扶著桌子，右邊一轉身，跌個踉蹌，我得趕緊上前護持一把，做工是一撩水袖，傾著身子蹲下去，貴妃左邊轉身又一個踉蹌，仙枝跟我同樣的做工。可是她怎麼做都不成，看著只像是中古騎士親吻女郡主的手指那種禮節，淳琬教了她好幾遍也無法不生氣了。我們掌扇，掌得一高一低，扇子佷重，又不知道可以支在地上，只顧拚命咬著牙支撐，見仙枝已汗流如豆，眞的如豆，落到地面都有響聲的。

宮女第一回敬酒，我跟仙枝捏起了假嗓喊道：「宮娥們敬酒。」貴妃問：「你們敬的是什麼酒？」「龍鳳酒。」「何謂龍鳳酒？」「此乃三宮六院宮娥們所造，名曰龍鳳酒。」記得頭次排練的時候，根本沒有辦法，喊一句就要笑個半天，不知爲什麼這樣好笑，像兩個小孩蹲在籬笆角角兒看螞蟻搬家，一個吃驚的說：「蟻公？」另一個詫異的道：「蟻公。」就笑做了一堆，完全沒道理的笑，離了譜。回到家便苦練唯一的這三句台詞，把毛毛當貴妃，對著喊：「宮——娥——們敬——酒——」牠腦袋一偏，披散的頭髮裡兩隻眼睛斜插著瞪人，忍住笑再喊：「龍——鳳酒——」牠的鼻子動了動，喉嚨嚕嚕的發怪聲。我再鼓足了氣，才喊個開頭「此乃——三——」牠就劖著我的腳跟吠了起了，一邊用爪子憒憒的搔著耳朵，還捽頭打噴嚏，竟是這麼大的刺激呢。盧非易說我唸腔蠻有程派味道，誰知是恭維，是諷刺？不過至少我曉得許多程派沒學好的人，十足就像倒立瓶子插進水裡發出的悶聲。

演《貴妃醉酒》最難取勝的地方，是扮貴妃的旦角本人夠不夠貴氣。在國藝中心也看過幾場科班演出的貴妃，除了一兩個最好的之外，其他雖然唱工和做工都十分老到，總覺得場面上仍少了一份頂要緊的什麼。天衣票貴妃醉酒成功之處，自然還不在做工上頭，要比就是比這一份貴氣罷。天衣演來格外憨嬌，是爺爺叫她的，小妞兒，嬌滴滴的，一扭一扭。

幾次排練完了，天衣請我們去吃工專的名產，木瓜牛奶汁、芭樂汁、葡萄汁、百香果、甜不辣和油粿，有時更半途下車買消夜回家，手頭比天心還大，看來看去就數我這做姊姊的最小氣呢。和天衣在一塊兒，我反而可以撒嬌似的，光會自管呆頭呆腦，硼了腳，絆了跤，要酸梅吃，問些沒有一點智商的話，叫她只有無可奈何的笑，得她的這樣縱容，好像我才高興。看她和他們國劇社的人，兎爹啦、大娘啦、小鬼啦，快快樂樂的講著話，笑彎了腰，跺腳裝嗔，長腳長手的東指西劃，心中也覺得幸福。想到春風十里，豆蔻梢頭，她又哪裡懂得楊貴妃的幽怨不平呢。

貴妃的怨，是整個唐朝富貴華麗至於極點，忽而生起的惆悵，是她的，也是那時代所有人的，對於人生和歷史的一個探問。浮生若大夢，是肯定的嗎？太肯定的東西卻令人如幻似眞的啊。楊貴妃婉轉蛾眉死於馬前，是歷史的一聲嘆息，縱有多少不平，也都豁然了，如張愛玲所說，那樣的委屈而心甘情願，爲了他，和他的江山，沒有一點怨尤。

但是天衣哪裡懂得這些呢，她的不懂卻又很好，所以天衣的楊貴妃是生在初唐天下裡的，在天衣黛綠年華的青春裡，楊貴妃又復活了，愈清華，愈陽氣，興興頭頭的醉酒，興興頭頭的唱著，可恨那李三郎，狠心把奴撇，撇得奴挨長夜，只落得冷清清獨自回宮去也。去也，去也，回宮去也……

第二卷

風吹花開

大風起兮

項羽的一匹馬一美人，果眞是京戲《霸王別姬》裡的華麗纏綿。堂鼓擊節一聲聲，聲聲都是南天楚地的日月星辰照在旌旗上。虞姬卸了松花色的織錦披風，裡面穿著緊身束腰鵝黃裙衫，取過雙劍，緩緩的深深的行了禮，便舞起來。她的舞呵，是千萬年來，千萬女子的心，都化作了一旋轉，一拂袖。劍影爍爍，銀簪燦燦，一步一恩情，帳外的天上地上數不盡那星海浮沉，是她對項羽前世、今世和來世的無限感激。虞姬舞完了劍，唱道：

漢兵已略地，四面楚歌聲
大王意氣盡，賤妾何聊生

記得張愛玲嘲笑她自己寫過的好萊塢式「霸王別姬」，她說項王「熟睡的臉依舊含著一個嬰孩的坦白和固執」，虞姬「能夠覺得他的睫毛在她的掌心急促地翼翼搧動」。

項羽的叱咤風雲是楚辭的。水平線上一輪大圓月，湖面是煙藍色，有著水腥氣，蘆葦在風裡窸窸窣窣的響者，急急的傳遞著什麼信息，傳到了天邊，從月亮裡出來了離騷，天問，九辯……

楚人的衣衫上繡著有這樣的月亮、星星，那太陽不是金光熠熠的，而是黃昏時莽原上的紅日。楚人的世界裡，天和地都是不大有笑容的。他們的夸父竟然要起來和太陽奔逐，那是不得了的啊，人與超自然的大力面對面了；舊約裡有雅各和天使摔跤，但那景象怎麼及得上夸父追日呢。太陽荒荒的照著大地，夸父追到了日出之池，那麼強大的熱和光，他便一口氣吸乾了天池不夠，把東海也喝盡了還是止不住渴，終於倒地而死，手杖化成一大片樹林，精魂仍然在風濤裡日日呼號罷。還有那共工怒觸不周山，天傾西北變為星辰，東南陷而成河海，震盪傳到天庭那裡，眾神也要為之驚動了。還有項羽做的歌：「力拔山兮氣蓋世，時不利兮騅不逝，騅不逝兮可奈何，虞兮虞兮奈若何！」也完全是楚人的悲烈慷慨。

我現在結識了溫大哥他們，才曉得昔日楚人的飆風也是今天的。他們的激越使人興起，當下往往令人驚訝、不慣、甚至要反對起來。

第一次見到他們是春節的晚上，夜色逼寒，襯得天上的星星分外清亮，小小的客廳裡擁簇著神州和三三的數十人。我急切的想看看他們山莊裡那位姑娘方娥眞，「方是美麗的姓，是舟子繫在江南水岸的地方，娥是穿水袖的嬪妃而歌而殷勤送酒，眞是眞眞的眞。」這樣的美，可有我美麼？她坐在沙發上，我在她背後的高凳上，看不見她的臉，只見她頭髮柔和的覆著頸子，底下一襲大紅棉襖。那頭髮的波幅是怎麼波動的，棉襖的鑲邊是怎麼鑲法的，我都一一看入了心裡，一邊刻薄的挑剔著，一邊非常的喜歡。「一到冬天，娥眞就冬眠，大紅的被，烏黑的頭髮，白生生的臉。」這樣一張臉頂著冬日清嚴的寒風，天際空曠，乾燥，青灰色，有澀澀的苦意，她好像從宇宙大氣中拔立了起來，站在世界的邊緣，挺身向那未來的一大片空茫。空茫是人所永遠不能知道的明天，因此是生機蓬勃的，是歷史最大的發軔，眞要爲之驚心動魄。娥眞的人比神州的每一位都不大相同，她是在楚人的激烈認眞莊嚴裡有著一些隨便、疏散、不經心。她不大管詩社的事務，喜歡一個人閒來盪去。他們那種激昂的氣氛有時與她毫不相干似的，在熱烈的討論中，她竟會一旁盹起瞌睡來。溫大哥教武是最嚴厲不過了，可是那練武的氣質與娥眞的性情合不來，她不練武而練舞，我能夠想見她心底的不情願和抱歉的笑，連溫大哥也拿她沒有辦法了。從這些地方，所以神州諸人中我特別覺得與她親近，而她又有她非常強的一面，令我生畏。她文章裡寫清晨起來出門閒逛，看見攤子上賣的蔬菜帶著早晨的露水，十分歡喜，想要買回山莊給大家也看看，但她不知那蔬菜的價錢多少，便忽然對路邊的菜販戒備起來。娥眞與曲鳳還最熟，吃麵包或零食時，鳳還仗著熟絡總是伸頭伸手，鬼鬼祟祟的，碰到娥眞要單獨吃時死都不肯分給人，鳳還的手一伸過來，娥眞便趕快拿掉，瞪瞪的看著人。一次詩社的人共餐，椅子不夠坐，人家替娥眞佔了一張，那椅子明明到了身邊，鳳還卻開玩笑的替坐下去，娥眞當下就翻了臉。還有娥眞和溫大哥講話當中，好端端的會忽然覺得他是敵人。溫大哥也寫見到娥眞在眾人裡那種自衛的笑容，心上眞是疼惜。這些並不是個人主義的乖僻和自我隔絕，而是一種叛逆的新鮮，新鮮得像玫瑰花枝上的刺，娥眞能夠千里迢迢毅然來到台灣，也是憑著這一股意氣的。她文章都凝注在溫大哥身上，這也使我覺得驚奇，因爲有才情的女子似是不涉戀愛的，即使戀愛也是與大家生在一道玩在一道，忘了自己在戀愛，凝注的情感若非新鮮，便會逐漸老去。可是娥眞的人年輕、潑辣，所以她能把凝注的愛情寫得這樣清新。娥眞看起來很柔弱，其實她比殷乘風那股飆風烈烈，更來得強韌的。

乘風的人瘦而高，一群人之中只見他英氣四射，掩不住太多的才華洋溢。他今年只有十九歲，聲音乾淨嘹亮，講話不帶一個廢字，隨時就可以登高演講。他的講辭也是流麗激盪，滑過每個人，每件家具，每個地方，淹流得一屋子都是。他十四歲那年在馬來西亞，獨立一人與十八位左派份子舌戰，從下午兩點至深夜至第二天清晨，除了領頭的老共不知所云之外，其餘十七人全部反正了過來。今日親睹乘風的風采，可以想見當年。

乘風天生是個將才，但統率還歸溫大哥。溫大哥的個子很小，但是只覺得他人深穩，坐在沙發的角落裡，不言不語，是全場的中心重心。乘風的光芒不能抑制，溫大哥卻是欲發而內斂的。他的眉若雙劍，眼如含星，星光從他心底深深的吐出來，直看進你的眼裡心裡，這是一雙情人的眼睛而他如此凝注著你，你怎能不爲之心折；他的眉與眼便是爺爺說的，有一股鬱勃求知之氣。本來楚人的深情深邃最是讓人心痛，因此也容易落於藝術慘烈悲壯的幽谷裡。溫大哥他是幽邃當中貫穿了一道勃勃欲生的亮光，是易經裡的「萌」卦，是萬物從渾沌中將出未出的那種奮力、艱辛、困難，是一切生機的端倪，所以他詩文的濃麗高昂能叫人興起。他的散文我還是喜歡〈天臺〉，那是一朵花苞整個開開來了，他的詩〈山河錄十部〉句句都動人心腸。

古之舞者……愛笑而可憂
而春青只有一次
僅僅一次，在第一次戀愛
在江南短短的水道上
狹路相逢的河塘裡
三人見面，行在一起
還不知道誰是師父
這便是江南
多同情和愛
多花多水，多柳多橋
多堤多岸，儂音軟語
都是江南，這小小春光的江南
千萬里外的江南
那江南才子無法渡過的江南
渡過便無法忘懷的江南

現代詩的狹隘和造作怎麼能有這樣的開展自然。爺爺說神州的詩是繼楚辭元曲之後的正格，中國的現代詩必要在他們筆下出生，成長，而完備。

神州社員主幹是馬來西亞僑生，南方多熱多情的民族，還有那一大片綠到地極的橡膠森林。娥眞說：「我們是很壞的，眞的很壞的咯。很好的時候和你很好呀，壞了就跟你翻臉不認人，當面喝你打你哦——可是一好回來也眞正的好了……」她一字一句正經的說著，驚得我臉木木灰灰。她已經在發出警告了呢。楚人有時候突來的這樣沒有禮樂，那面孔上的驃悍與認眞就是當初夸父、共工、和項羽的。楚人的底子還是原始神話中那種大自然的強力，荒莽、蒙昧、蠻橫，一旦衝起飆風，整個宇宙都要動搖了。

僑生說話的音腔總像是咬牙切齒著，又快，彷佛夏天的暴雨急急的打在路上、樹上、乾草上，瓦片上、鐵皮屋頂上，打得到處生煙，連人也打出煙來。神州全體唱社歌以酬答我們，光看那山雨欲來的氣勢就不得了，父親先一箭步飛上去，將茶几上養的一盆素心蘭搶救了下來。他們唱得那樣情節激昂，與其說是我被感動了，毋寧是乍乍的很不習慣。一次我過生日，他們來了在餐桌上才曉得，夜深送他們走後又轉回來，站在大門口指名要我出去，我立在門廊的燈影下，只見黝黑裡溫大哥領頭，後面一排他的義兄弟。溫大哥腿並得直直的，用那深而亮的眼睛說：「我們出門就決定，一路下去碰見我們最喜歡的東西，就拿來做你的生日禮物。」說完遞上來兩片葉子，喊一聲、「生日快樂」，大家也跟著呼喝了一聲。碰到這種場面我簡直笨拙得和泥土一樣，只覺得自己非常龐大，龐大而沒有形狀，連激不激動都無從說起。回到屋裡仔細看看，是兩片黃色的榕樹葉子，寫著生日快樂和所有神州社員的簽名。這是人間的至情至性啊，但我怎麼反而羞澀不悅了呢？甚至寧願不要它了。

楚民族是月亮的民族，即使月亮裡頭有一點太陽，那太陽也是莽原上的日光，有些飄忽無常，令人心摧。楚民族好通宵徹飲，可以為一言知己拋卻性命。楚民族好像櫻花季節裡落英繽紛。楚民族濃愁耿耿只為春天去矣。楚民族是太美太絕了。古之舞者，玄衣更霜更傷，我忽忽的竟要對你悽惻不樂了，只為太崇高太神聖的事情我就要不服氣起來，定要與你過意不去。這裡不就還有一個劉邦麼，「他的人妙樂自在，無可無不可，秦朝丁是丁卯是卯的江山，碰著他豁郎一聲都墜地，給破了法了。」

漢民族是不落於美的，或者說無所謂美與不美，因此便能從藝術的境界裡跳脫出來。漢民族是太陽的，太陽給人的感覺就不是美，不是那種原始神話中淒艷的美，而是陽光照在黃澄澄的稻穀上，田畈的菜花上，畦流間；母親在院子裡摘空心菜，額邊有汗，鬢髮給陽光映得七彩濛濛；竹竿上曬著的衣裳靜靜的停著陽光和肥皂的澀香。《詩經》的世界便是這樣，太陽金光熠熠的灑遍了阡陌人家，桑竹之間雞犬相聞。這樣的晴空白日之下是不會產生愛情的，若有愛情也必不是個人的，而是對那望不盡的隴上炊煙忽然起了憂思，這憂思完全是天下世界的，沒有私意。浮雲遊子意，那遊子所思念的家鄉該是整片的江山罷。

楚民族的美是凝煉的，藝術的；漢民族的美則是舒展的，政治的。所以劍，在楚民族是浪跡江湖的劍，是虞姬的斷腸劍，項羽的英雄劍，而漢民族則是季札佩劍出使，再是劉邦的斬蛇起義，一舉開了大漢四百年天下。項羽有的是一匹馬一美人，但那劉邦若是被圍垓下，當然是連馬跟美人都不要了，像曹操割鬚棄袍，逃呀，先逃了再說，等來日又自是一番事業。楚民楚的絕美和悲壯有時反而限制了他自己，他那強大的行動力仍不是百分之百絕對的。反是漢民族看來彷彿不成氣候一般，卻因他是開向個陽光世界的日常中，一旦行動起來，乾坤也要爲之顛倒。「大風起兮雲飛揚」那全然是漢民族的本色，「風起的時候，我總變得口齒不清」那也不是楚民族所能寫出的話。這一股大風吹到項羽的營帳裡，旌旗杳杳飄盪起來，項王的心上自然也該明白了。歷史上漢民族是宕蕩高闊的男兒家，楚民族則是他婉轉情深的妻子，所以詩經有個楚辭來相儀，劉邦更有個項羽和他是冤家。大漢開國以後楚漢融合就不大分了，像司馬相如的漢賦開展而華麗，往後李白的豪縱中有著神話的飄渺深邃之思。楚漢之際，正是天下有事要起，風雲已在天邊滾滾欲動了。

當今的大事是光復大陸，同時也要有著爲西方文明的絕境開出新路來的氣魄。事實上，今天自由世界所行的全民總雇傭和福利制度，結果是與極權世界一樣，都在做著一件最大最大的破壞，就是把人的創造力給嚴重的斲傷了；現在是自由世界和極權世界共同對著人類的一個命運。我們復國建國是中華民族的事業，也是全人類的事業。這一切眞是一個不得了的浪潮要來，而此刻楚漢相會，看來潮水襲襲中天意天機如何是能夠分明感知的了。神州的俠氣劍氣難道只是在綠林江湖上的嗎？古之武者，你的白衣與劍只是爲了陌上花間邂逅的一笑嗎？或者，今之俠者，你的劍也是光復大陸的政治劍，但是你足夠接得彼方的一劍喝來嗎？你的劍法比我的又如何呢？武俠豪情若沒有士的自覺，終究是可惜了啊。

大風起兮雲飛揚，風起的時候，是楚漢際會之時，在劍影鏗鏘裡要劈出一個亮晃晃的漢朝天下。

如夢令

下午兩堂小說選讀不上，意外揀來，十分奢侈，特別跑去藍屋，吃了一客十塊錢的瑞士冰淇淋慶祝，也一樣的奢侈，一口一口像在吃錢，錢都變得風雅了。我一心高興，漲得滿滿的，只想嘯歌，有些個痴癲起來了，眞沒出息，不過是兩節課就樂成這番光景，究竟不是成大事業的材料。

回到自強館，盥洗間裡洗衣服。團體生活難爲有這樣爽快的用水，嘩啦嘩啦飛濺一室，日光燈足足明亮，連白磁磚和粉紅色的浴室門，也明白而透亮，人就如同在水晶宮，有暴發戶的新異和痛快。間有哼歌的，竟然聽見一個哼韓德爾《彌賽亞》，非常令人訝異，另一個哼〈梨山癡情花〉。

我始終聽不出《彌賽亞》的好，因爲素養不夠，每次刻意想聽得什麼，也像聽《田園交響曲》，分辨現在是風和日麗，一片祥瑞，又有小鳥的叫聲，農人的歌舞，一下子暴風雨來到，雷電交加，鳥飛人散，然後再雨過天青。我很吃力的聽著，恐怕聽不出是這樣的。但此刻洗衣當中，無意聽得它的好處來，卻又不是《彌賽亞》本身帶給我的。西洋人見著神只有敬畏，所以《彌賽亞》是要在那種聲勢下，逼得人非跪下流淚崇拜不可，只是好像與我們中國人的性情不合。中國人與神毋寧唯有親熱，崇敬也是崇敬，但仍然可以和祂調笑，因此基督好像我們的父兄，我們做個三歲的小孩便好，有時聽話，有時爬到祂的肩上去玩了。中國人的《彌賽亞》本來就要出於這種尋常世界裡，歌唱自是這樣的用本音，唱到高處拉不上去，陡地降低八度，一樣唱完罷。

我從前聽不得〈梨山癡情花〉，簡直俗氣，但這時候一起哼著，正如那春風吹拂裡，柳枝逕自素潔，牡丹逕自艷麗，並不相干，而春光唯是一片喜氣洋洋。

我想到這是一個緣會。往日我著意尋求《彌賽亞》，反而茫茫不知其所以，今天不過洗衣之間，倒聽出了它的好，還可以跟〈梨山癡情花〉生在一塊，調和得異常熱鬧。前天馬三哥指李清照的一首詞叫我看：「常記溪亭日暮，沉醉不知歸路，興盡晚回舟，誤入藕花深處，爭渡，爭渡，驚起一灘鷗鷺。」他說那個「誤」和「驚」是很好的，是頓悟，人世的隔膜都叫它打醒了，就像我今天聽《彌賽亞》。於是便在洗衣枱邊磨菇著，眞想看一看那歌者何人，一會兒那人出來，頭戴浴帽，身穿睡袍，捧一個綠盆子，水氣淋淋，擰著兩道眉毛。也只是平常人而已，但我還眞高興的。

王老師的好在於「求一奉十」，可是我們這一群聯考制度培養起來的，竟只要求「求一奉一」，眞是委曲他了。讀書的確不能先立定名目，立了名目就像我聽田園交響樂，只一心一意尋找主題，生怕聽錯，待聽不明白，又暗自生悶氣，結果不要說那其餘九分都失去了，連那所要求的一分也不復求得，糟蹋了誤入蓮花深處的好。

顏教授的英國文學史也上得好，每次客滿，又是三學分的課，大家都很重視。那天上完體育回寢室，一股枕戈待旦的殺氣騰騰，書本、筆記本疊得齊齊的擺在桌上，端正坐好，想清楚不要少帶了東西，又忽然想起來，將鉛筆拿去削削尖了，便連午睡也不敢睡，兩點鐘的課，十二點半就跑去佔位子。我一邊跟著同學這樣做，一邊不服氣，來到E教室，早已有人在了，甚至帶來錄音機，更是叫人生出一股無名火。只有想著顏教授一度發表在聯副的散文並不好，我的散文能夠勝過他的，而且我是他學生，長江後浪推前浪，如此一番比並，也馬上高興了。但我上他的課，仍是謙遜恭敬的，而顏教授把《貝爾渥佛》（*Beowulf*）講得這樣唱作俱佳，雖然散文不妙，也可以是當然的了。

《貝爾渥佛》講一個英雄的興起與沒落。我看《三國演義》，至七擒七縱孟獲後，便道聲拜拜，但英國文學史不是閒書，由不得誰拜拜，只好眼睜睜看貝爾渥佛的沒落。他空前一世的勝利，帶著煞氣，非常不吉祥，叫讀者唸著越來越陰沉。同樣的開天闢地，中國人會變成好玩，黃帝是這樣有著中原陽光的喜悅，北歐就真的是天寒地凍得可怕。

有些地方很有意思，因課本上說北歐民族沒有幽默感，只有「grim smile」，猙獰的微笑。其中一段描述大英雄貝爾渥佛在湖底下和怪物的母親大戰，終於把它殺死，並割了怪物的頭顱當做戰利品，怪物的鮮血滾燙的，把寶劍融化掉了，只剩一把劍柄拿在手中，作者稱它「戰爭冰棒」，完全是孩子的想像力。

貝爾渥佛重傷了怪物，怪物嗚嗚的逃回洞內，不治身死，怪物的母親出來為子報仇，吃掉國王一位親信大臣，貝爾渥佛為大臣報仇，又殺了怪物的母親，殺來殺去，勝負必計，一輸一贏的火辣辣，他們的元氣太充沛了。只是孩子的認眞到底是遊戲，而他們的認眞則在絕壁上。我記得小時候，出謎語給大人猜：「一個木瓜，會發亮。」人家都猜不著，我快樂的揭開謎底，原來是電燈泡，眞是元氣太充沛，到了無理的地步。

跟怪物母親相鬥時，國王、隨從和貝爾渥佛的武士們在湖邊焦心等待，但見湖水翻騰不已，不明狀況的候了九個小時，國王終於沉不住氣，領了隨從離開，我看到這個好好笑。想當年巨人隊與美北區冠軍爭奪戰，遭到麥克靈頓價值三分的全壘打，以零比三於第三局上半落後，全家人憂心而震驚，同聲怨罵巨人隊，媽媽最是焦急，離開沙發道：「輸定了，看他什麼！」其實我們的怨責是像鄉下人取名字，揀些阿狗阿貓不搭眼的俗名，免遭天忌。自強館螞蟻多得不得了，往往被咬得不能成眠，我說：「奇怪？我這裡怎麼從來不來螞蟻？」小燕急忙阻止道：「不可以這樣說。」我問為什麼，她正經的說：「說不來就會來了。」好像我們看棒球，向來犯忌說贏，反而要說輸，到時才會贏的。說到自強館螞蟻多，可見女生究竟好吃。

貝爾渥佛一生喜歡「boast」，而其實他的誇耀是他的誓言，這眞是一位典型的西方英雄。楚霸王項羽也近於西方式的英雄，所以他的成敗如火如荼，容易入得了戲劇，中國式的英雄像劉邦，卻似長江黃河，浩浩蕩蕩，有時甚至很難判斷他是英雄是小人？況且中國人即使boast，到時也可以不算，永遠有的是餘地餘情，不致走上絕路。

《革命要詩與學問》一書裡，有段話很好，意思是造橋要搭骨架，然而造好時，但見橋樑，不見骨架，只是學問家常常愛那骨架，因爲看不見，看不懂。我們今天何嘗不是這樣，來到大學裡，一心研究理論東西，一篇文學作品拿來，不看作品本身，倒先看作品評論，即唸完文學作品，又搬來一些現成的大字眼，探討主題爲何云云，實在一點新意也沒有，的確在逐那骨架之末。我有幸早早明白了這些，因此到大學裡來，也如那春天花徑上的遊客罷了。

我偶爾想到大學裡的種種，會突然的憂愁起來，很久都解不開，若要改革也不光是教育本身的問題，是整個現代社會的構成都要改了，教育的觀念和方法也才能改變。但是看看窗外很好的陽光風日，又會突然的覺得有些轉機，也許連憂愁也是多餘。遊於學問之間多年，未必逢上良辰美景，總要先沉醉不知歸路，才有誤入藕花深處的好，各人自有各人的路子和福分。

話說我在盥洗間洗衣服，越洗越愉快，不覺唱起歌來，唱的是〈日出、日落〉。不知什麼道理，我這一唱，浴室裡的人都漸漸跟我一道哼起來，連那〈梨山癡情花〉也走馬換調，眞似驚起了一灘鷗鷺。我反而不唱了，靜靜聽她們唱，看看一手肥皂白泡沫。洗完衣服，倚在走廊窗口，正好一面紗窗卸下來，風較其他窗口大。雖已是晚飯時候，夏令時間的關係，外面仍舊一片青天大白日。我哼著〈昨日〉，那是一首對昨天的眷戀和悵惘，但這時我唱來並不帶任何感情，連快樂也沒有，恰如外面的天光，青天與白日，只是清亮乾淨而已。

我勾頭朝外探一探身子，見樓這樣高，摔下去是必死無疑，十九歲的鮮血正好開出艷紅的花朵，像三月的黃花崗，想著這不相干的事情，多半因爲兩堂小說課逃掉了。又站了一會兒，才回寢室泡生力麵吃。

看《江山美人》

《江山美人》最精彩的一段是在戲鳳那場，因爲原先平劇中已有了「梅龍鎭」一戲，李翰祥根據它拍成電影，連他自己也不知有意想不到的效果。

平劇有一種境界，是西洋戲劇永遠不能達到的。西洋戲劇最高的仍然是藝術的境界，平劇卻是在藝術之上。藝術之上的境界是中國禮樂的境界，在這一點上，西方的作家倒是托爾斯泰的藝術觀與我們接近些。

在〈What is art ?〉一文中，托爾斯泰力排眾議，先一一廢斥了彼時流行於西方的藝術觀，不論是玄學派如黑格爾的，或經驗派如康德的；然後提出他自己人道主義的藝術觀。托爾斯泰說日常生活裡的一切，衣物用具，建築擺設，乃至一個笑話，一支搖籃曲，無有不是藝術的。這裡他雖然講的是藝術，其實老早已在藝術之外。因爲藝術的境界必然與人事日常脫離，另築一座崇高的殿堂，奉爲神明。進來的每一個人先就凝重嚴肅起來，全副冠袍堂皇和長長的撲克臉。單單托爾斯泰這一番話，氣魄便已超過他那時代所有的作家。他有文章之士的自覺，而不以藝術家自居。藝術家以藝術爲務，文章之士以天下萬民爲務。

托爾斯泰的認為藝術必歸於人事正是現在頂頂時髦的口號，「政治文學」。但是如今這班人也就以爲「政治文學」只是限於愛國反共或社會鄉土的文學，如此則實在渺小了。殊不知寫家室之美，器物之美，路上行人之美，舞蹈歌唱之美，山色湖光之美，都是「政治文學」。因爲爺爺說文學是「樂」，是天心人心萬物之心，將此心演繹出來，做成一切的制度和器室造形，就是政治的「禮」。造形當中有文學的詩興詩意；而文學是要回到人事日常來，不是蹲在藝術的殿堂裡。

譬如《詩經》，雅頌寫朝廷宴饗祭祀之事，國風雖然寫的多是情詩，但男女歡悅之情都有一個採桑織布做爲背景。因爲這樣的背景是素樸的，再大的浪漫和飛揚，都在素樸裡靜靜的有了他的位分。戀愛已不是兩人之間的私情，而是兩人攜手望向那大片的桑園稻田。夫妻恩情原來是在男耕女織裡的啊。人事日常才是生命完全燃燒了的白熱的光，藝術還只是熊熊的火焰，沒有全部燃盡。當然這種人事日常也不是今天流行的鄉土文學所要標榜的「紮根於廣大的社會現實與人民的生活中」。他們的僅僅是社會的結構和群體的組織，全然沒有詩意，也更沒有光，可以照人、照自己。

日本女畫家小倉遊龜，十分敬重寺裡的一位師父。一天她請教師父今後如此畫下去如何？師父說：「你以後不必再畫了。」她因爲對師父謙畏，只恭恭敬敬行了禮，答道：「是。」便轉身回家了。那一徹夜她輾轉難眠，想這一生是只有畫畫了，畫已是她的生命，怎麼能夠不畫！第二天她終於決定再去寺裡一趟。遠遠走去，已看見師父立在門口笑嘻嘻的朝她招手：「我知道你還會再來。也是我不好，昨天沒把話說清楚呢。」

原來師父的意思是畫畫先要忘掉自己是畫家。人若叫你不畫，當下即可把終身所繫的事業一劍斬了去。不畫就不畫麼，我的人還要比畫大呢。有了這樣的氣魄再來作畫，自然不同。禮樂的境界是人可以大過畫，而藝術的境界只能是人比畫小。

《江山美人》的好處便是在它不大是藝術，有一種嘈嘈熱鬧的氣氛，臺上臺下分不清了。它簡單直接到彷佛很幼稚，什麼東西都尋不出來。好像走馬燈，昏昏暖暖的光暈，燈罩上一幅幅美麗的圖畫，你還看不眞切，便忽忽轉過去。人生的事情也是當時自以爲知道了，其實並不知道，過了之後才恍然大悟，想要留取那片刻的一段，而現在和將來無數的事情又淹流過來了。

李鳳姐是個鄉村姑娘。正德皇帝微服出遊江南，他自幼於宮中，接觸的女子都是濃妝艷抹，初次見了民間的清純樸素，當然愛悅。兩人便在龍鳳酒店裡一唱一撩起來。這明明是一場調情的艷戲，正德皇帝原不是抱有什麼愛情崇高的念頭，李鳳姐亦非那種英國鄉間女孩的純潔型，可是演來只覺得乾淨明亮。李鳳姐這樣的角色在西洋戲劇裡則很難演得好，要不是單純的傻里傻氣起來，就是妖婦，給人不清潔的惡感。若在藝術的領域裡，就是加上內心衝突掙扎的過程以增加人物多面的複雜性。而依其結果變成只是情緒的波動刺激和力與力的相抗衡，終不得清明悠遊。李鳳姐她是壞的，然而只因爲沒有禁忌，她的所做所爲就成了理直氣壯。京戲裡多有這樣的女子，樊梨花陣前招親，《拾玉鐲》的孫玉姣，《鐵弓緣》的陳秀英，都是風流浪蕩，而且蠻橫無理的，但看了只讓人眞是喜歡她們，奈何她們不得。因她們不涉藝術的魔障，所以風流浪蕩是花朵的臨風婀娜多姿，蠻橫無理則是那晴空白日，一洗如天的貞靜清亮。她們的沒有禁忌，便擴大了好與壞的標準，而來到無差別善惡的境界裡。在這兒無有可選擇的善惡之分，有的只是當然，「是這樣的，就是這樣的。」

像李鳳姐這樣聰明剔透的女子，也糊塗到居然不知天上的飛龍已經降在她這小小的庭戶內。人家已經告訴了她：「姓朱，名德正，家住北京城，二十歲還沒成過親……」她還糊里糊塗的唱道唐明皇啊鬍子長，你的齒白唇又淨，哪裡見過皇帝像你這一般，這一般的呀。她此刻是天之驕子的頑皮、嫵媚，眞眞無人可管得著。直至第二天清晨起牀，見了龍袍，才吃了一驚。這一驚非同小可，而隨即她又不覺得他是什麼皇帝，卻只是她世上的丈夫。她原來的飛騰艷絕忽然落在泥土上生了根，樸素了。這種安靜的親信使民間如此一個弱女子，也即刻可與天地一般高大了。

林黛演李鳳姐，本來無甚演技，是壞書中頂惡劣的描寫方式：粉臉一紅，纖腰一扭，再有是她那商標的杏眼一睜。但是林黛演得認眞的不得了，叫人詫異。她穿一件桃紅色衣袴，胸前繫著紫紅肚兜兜，這片圍兜使她看來總是腆著肚子站立，再怎麼艷色的女子，也帶了孩子的稚氣。那龍鳳酒店是架空搭著的小屋子，地板上來來去去，踏得咚咚響，彷彿大家的體重都不輕。甚至當鳳姐害羞的躲過正德皇帝，撲倒在牀上，也是咚的好大一聲，令人連艷不艷都無從想起，單覺驚訝，但這眞是非常實在的感覺。

十多年前最紅的女星，她的線條尙是柔和的。肩的弧度，走路的姿態，一顰一笑，和一抬手一舉足，仍然是女性曲線的柔。她那些妖媚的神態，雖然幼稚而俗氣，可是因爲她本身還有女性的位，毫無造作矯飾，便有著女性最原始的，地母的那種壯大，因此是乾淨的，正大光明的。今天台灣紅星林青霞，則是費唐娜薇一型，紐約大都會街道上的職業婦女。瘦而高，骨感的，直線的，眼睛無神，慵懶而漠然，面孔大多時候只有一種表情，冷。費唐娜薇是七十年代女性的造形，其實她已不是女性了，而是中性的，乃至機械的。因爲她在人世裡已失去了女性的位，只是社會上的一件結構，所以職業婦女走在那鋼筋水泥、高樓聳立的大街上，當然感到一種惘惘的脅迫。她的背景是那樣森冷，她人的線條也就成了幾何圖型。她若偶然也有妖嬈的情調出來，便只是卑賤，一種犯了罪的巫魘，因爲社會的結構是絕對不許人有餘情。

女性的創造力在家庭，當初是因爲有了家庭，才有了器皿舟車宮室等造形。男性的變動在女性成了安定，於是出生一切政治的造形。現今職業婦女遠離家庭生活，看是有獨立謀生的能力了，其實正是創造力在大大的減退。譬如每日三餐是一個創造，常聽母親抱怨買菜做菜的困難，這裡就有著創造當時的艱辛。而現在的超級市場和速成餐，代替了婦女們的主意，大家吃的喝的都一樣，好像是被一個我們所不知道的什麼飼養著，眞是可怕。林黛至今不過十數年，時代的破壞卻是這樣的大。

西片中有幾部很過癮，印象很深的。像《朱門巧婦》、《孽海癡魂》、《慾望街車》、《太陽浴血記》。這一類片子眞是強大而悲壯，好像聽交響樂一樣，是旋律的。它驚濤駭浪的把人直旋到浪峰，然後高高的摔下來，再旋上去，情緒眞是不得了的起伏刺激波動。它的色澤是滾滾的濃雲，橙黃赭紅像要燃燒了的天際，藍綠色的大浪直打到天上。不論是哀愁，是喜悅，總之都是強大和悲壯。習慣了這種情調的人，看《江山美人》當然覺得膚淺不堪。

但是近來的洋片部份有一種趨勢，即要把這旋律打散下去。這類片子大多沒有什麼劇情，角色起用新人——新到就是街上走著的行人，日常中身邊的人在銀幕上晃來晃去，便不覺得那是電影了。也有大牌明星完全以嶄新的姿態出現，但都不成功，觀眾對他名字的興趣仍大於他的新身份。因爲是沒什麼劇情的，所以就可以不必連續。像《老人與貓》是一種，全然散文式的。另外一種像《男歡女愛》，是一幅風景疊一幅，人在夕陽裡跑著，長髮揚起來，或者晨曦時薄霧朦朧，人漫步在沙灘上。這一型的電影，片名都差不多，頗難分辨，看完之後，裡面的人物也很是面目模糊。有點像吃蓮霧，青青白白雜一抹紅色的果皮，和不酸不甜的一種淡淡的澀味。它們想要做的是達到蒼涼的境界，而不是強大和悲壯。悲壯雖然已不單單只是力量，但是還是不及蒼涼。蒼涼是在力量的背後有著蕩蕩莫能名的情操；而悲壯後面的情操則是可名目的，譬如說愛情的名目。托爾斯泰認爲文學是在創造一個「手足世界」，這手足的世界是偉大的，但也還只能算是悲壯，不是蒼涼。

這些片子的思想和嬉皮的哲學一樣，都是爲要打破旋律解脫出來，而向東方尋求一種音調的境界。旋律像龍捲風，是連續旋進的；音調譬如擊磬，一擊只是一個單音，像露水滴落湖心，清風徐徐的吹開漣漪，似乎連續又似乎不連續。前次日本雅樂在藝術館演奏，大家聽了只覺茫茫不得所以，也是因爲我們久已習慣旋律的、力學的世界，或許大家離自己的文化眞是太遠了。如今嬉皮是將旋律打破了，可是他們文化中一直缺少著素樸的底色，破壞之後便沒有足以建立的基礎。他們旋律的境界是講結構嚴密，一經打散，就成了混亂一片。音調的境界原就是不必連續的，所以能散而不亂。因此他們有心拍成的這類電影，不用劇情，不用複雜的心理分析種種，雖也有一種清簡的美，可惜到底還是單調薄弱了。不能像平劇一樣，一方面清簡，一方面又能在無事處照樣的豐富熱鬧。爺爺說平劇的解脫旋律，例如《四郎探母》經常演的只是當中的一段〈坐宮〉；《王寶釧》是〈武家坡〉和〈大登殿〉；《白蛇傳》是〈遊湖借傘〉、〈盜仙草〉、〈水漫金山寺〉、〈斷橋〉和〈祭塔〉。這樣上下不關劇情，照樣好得不得了，無損於戲的完整性。張愛玲的小說也隨處是散文，風吹到哪一頁看哪一頁，都可以獨立成章的。反而是平劇中編的新戲大多不好，和《紅樓二尤》、《霍小玉》、《卓文君》。那是五四之後，受了西方戲劇的影響，加入悲劇的衝突性和性格的剖析等等，編得竟成了話劇一般。一旦落入藝術的氣息中，便失去了平劇悠遊的大與好玩。

托爾斯泰至晚年努力於《聖經》的簡潔寫法，即是想要解脫藝術的旋律，而能有打散的非藝術之美。他人道主義的藝術論已經探到非藝術的境界，但是於緊要處還是口齒不清了，結果反變成文學是宣揚人道的工具，往後的普羅文學承襲其論點而將之誇張，視文學為政治宣揚的工具，則更遠不及中國的禮樂文章了。這裡便不再是托爾斯泰個人才力夠不夠的問題，乃是一個民族文化面對另一面民族文化的問題。李翰祥拍出《江山美人》，恐怕未必曉得它的可貴處在哪裡。而這部片子十多年前和《梁山伯與祝英台》風靡一時，今天捲土重來，仍然為大眾所喜愛，可見中國的精髓在知識份子身上無法彰顯的時候，反而在民間可以找到。「民」比「士」於亂世時有更清明、更強大的知覺力和行動力。這時倒要靠民間來做起大事了。

《江山美人》這片名已先讓人喜歡。美人生在小小的苧蘿塘邊，「蓮花亂臉色，荷葉雜衣香」，她的人便是天下的風光了，江山可以爲她一笑而顛倒。美人不僅是她個人的美，也是整片的江山如夢如畫。電影完結的時候，正德皇帝抱著李鳳姐已冷的身體，步上宮階，這該是最好萊塢的了。可是黃梅調朗朗的齊唱起來：「一瞥驚鴻影，相逢似夢中……」那歌聲絕不是傷悼的，而是孩童們齊唱時的那種，渾茫的唱著，不知道自己唱的是什麼，也就不帶任何感情。清清純純的童音，竟是神在說話了。對這樣一樁姻緣，你不能有所怨懟，有所嗟嘆，所有的只可以是宮階外的斜陽流水，雲天渺渺的遠去，遠去了。

縱然今天美國化的一切氾濫得遍地都是，但是只要這一顆中國的種子不滅，仍舊普遍根植於民間深處，一旦春風颩來，它便即刻可以發芽抽葉，開出滿滿的一樹桃花千朵紅。民間不死，而江山自在，英雄美人則到底不會長久沉埋。有朝一日，大家振地奮起，便看那域中竟是誰人之天下。

相見歡

現在已是不跳土風舞的了，可是偶爾飄來的土風舞音樂，聽到了仍然要心漲得發疼。禮拜一禮拜四則更是有事無事的要走過海報欄好幾趟，單爲著望望板子上的「土風舞社訊」五個噴紅大字，一回又一回的爲之怵目驚心。

「立山而」有一張娃娃臉，我有時眞是氣他像小孩子那樣的沒心肝。他名字裡的「端」拆開了唸是立山而，大家都這麼喊他。立山而，立山而後立天，是可以謅成一篇長長的議論文的。先前聽著而以爲是兒，立山兒，山的小兒，草原的小兒，弄潮的小兒，造化頑小兒，怪道是他要待你這樣無情無思，你的懊惱合該去對著外面潑剌的春光罷。我才去土風舞社時，顧著學舞，身外的一切只覺得疏隔，可是燈影人影雜遝中，有一個人是眞眞實實存在著的，雖沒有和他說一句話，但我曉得他是在那裡的。〈聖誕鈴聲〉一圈轉回來，又是他，紫紅色的毛線背心，白襯衫，孩子的笑容。這是冬天的馬路和天空凍得異常的乾淨，你的手和他的手插在他的大衣口袋裡，走過街道，遠處彷彿有著碎碎的鈴聲和孩子們的笑鬧聲，很遠了，此刻只有兩人的鞋子敲在紅磚道上，簡直是夢，但夢裡沒有這樣逼臉的嚴寒。到了下學期，他才來找我跳我們的第一條舞〈情人樹〉，他當然是有居心的，這樣的壞，我也一直笑嘻嘻的高興著。立山而，而什麼呀？那高高的個子，娃娃臉，眞個兒的是憑空而來，憑空而止，現在想起來，好端端的又要生氣了。

美國土風舞還保留著美國人最好的一面，單純、健康，像他們的福特總統，運動衫、橄欖球，愛吃碎牛肉餅和草莓冰淇淋。方舞是八個人四對做一方形，分成好幾組，露天搭的臺上有樂隊和施令者，音樂一響，口令便喊起來，一個口令一個動作。舞伴行禮。鄰伴行禮。牽起手來向左轉。向右轉。鄰伴互繞。舞伴旋轉。舞伴伴遊。牽起手來向圓心，前進，後退。嘿，再來一次，蜜糖。這樣的是不需要任何舞步，只要走路，小跑步或跑跳步，連心都不必費一下，自有人在上面發令排列組合，像是軍訓。到了大行列愈趨複雜，波浪手門，舞伴換門，走小巷，蛇行，螺旋，看得人眼花撩亂，舞者亦不知何以然，兩頰帶著天眞的紅潤和天眞的微笑，手牽著手走來走去。實在也只有天眞了。〈維州連鎖舞〉也是大行列，但有著鄉村的野氣，所以熱鬧而不大覺得繁複。音樂、拍掌擊節雜著吆喝，遍地是玉米小麥田，金黃色都是陽光泥土的氣味，這當中出來的女人就是瑪琳奧哈拉了。〈紐約第十二街〉則完全是現代美國的，牛仔褲和可口可樂，那節奏是渾身不安定，坐也不是，站也不是，起來走一走路也走不好。

今天美國人的漢堡狗傾銷全世界。全球各地的漢堡狗店舖，桌椅擺設裝潢一律一個式樣，牛肉的切法，漢堡狗的包裝法全是規格化了的，賣漢堡狗的小姐並不頂漂亮，頰上有著雀斑，她們必須受過訓練，那服飾、神態亦都是漢堡狗企業的。漢堡狗通行世界，無往不利，唯獨在台灣失敗了，因爲碰到了大大邋遢的中國人，漢堡狗製出來竟然大的大，小的小，絲毫拿他沒辦法。漢堡狗賣的不光是吃，也賣的是整個文化型態，拿破崙說：「離心最近的是胃。」中國人到底不是這麼容易欺負的。跳〈紐約第十二街〉要喝可口可樂長大的人才能來跳的。

西歐土風舞以華爾滋爲主。華爾滋要在光可鑑人的地板上跳，儷影翩翩，萊茵河的翡翠藍直濺到大廳的窗前來，所以一般的民間不能跳，變成了上等社會的交際舞。有本雜誌上做的測驗「妳是屬於哪一類型的女人？」寢室每個人都做，我也來做，結果是「妳是公主型女子，喜歡離群獨處但並不害羞，高貴而傲慢。只要望對方一眼，就能鎮服他們。」我看了哈哈大笑，這十足的就是華爾滋世界。華爾滋高雅、浪漫，帶著一點憂鬱，但這也不過是上等人用以自處的方式，像他們的民主，是冬天裡一群刺蝟聚在一塊爲要取暖，可是靠近了就要被刺，這之間永遠有一層冷嚴的隔膜。舞蹈時那筆直的上身，高昂的頸項，與臉上矜持的笑容其實是很可哀的。〈歡樂假期〉旋律如流水東去，沒有一個華士步是落實的，來不及的追著流水，不可逝去啊，然而還是給它滑過去了。這樣的假期有多冷清，那歡樂都是虛渺的。〈萬國舞魂〉是一拍兩轉的華爾滋，腳不點地的旋轉、旋轉，旋出了人生的外面，變成一朵一朵的魂魄，模糊的飄來飄去。

探戈起自西班牙，後來傳到南美洲，像佛朗明哥，跳的時候有一種咬牙切齒的猙獰。西班牙商船很早就航行全世界了，商人兼做海盜，來到南美因爲挖掘金子突然成了暴發戶。商業行爲基本上是很原始的獵物與被獵物，從引起顧客動機，刺激興趣，挑動慾望，至採取購買行動，探戈裡的男女就是這樣愛情商業化的。西洋人喜歡說愛情的陷阱，情感的俘虜，男人和女人都是動物身，才有這樣征服與被征服的話。探戈的拍子，慢、慢、快快快，弓步，旋轉下沉，下沉搖擺，是充分在運用攻、釣、纏、勾的戰術，情場似戰場。這裡頭的女人是卡門，貓樣的眼睛在黑暗中閃著綠色的燐光，貪婪殘忍，窺視她的被獵物。西班牙一夕之間莫名其妙的有了錢，往後海上的霸權一失，又莫名其妙的窮了下來，以前是土財主，現在一切都沒有了，這樣來去得昏昏矇矇，若還有可資信的東西，就是黑黝黝的五斗櫥裡一枚金環和腥紅綢緞帕子，暗暗泛著曖昧的光澤。探戈的節奏便有一種魔。

俄國土風舞跳過一支叫〈烽火女郎〉，邊唱邊跳，歌詞很動人：「蘋果花呀隨風飄，飄呀飄到河面上。送君一去千里遠，但願春風伴君歸。」第二段，「蘋果花呀蘋果花，飄呀飄到河面上，春風已歸君未歸，伴我春風長相憶。」跳的時候有一股倉惶的促調，摧人心肝，是清晨未明，草草打點了行裝踏上征途，暮婚晨告別。俄國一直是窮，近代更加上兵荒馬亂，電影裡總見成千上萬破爛的難民，分不清東西南北在地凍天寒的荒原上走著。想到俄羅斯，就是天未亮時火車站的送行，笨重的大廳，夜氣和昏黃的燈暈盤桓在大廳頂上，到處是行色匆匆的旅客，火車進站，嗚笛聲，白蓬蓬的蒸氣吹進站來。亂世當中什麼都沒有保障，唯有眼前所見才是眞的，這時的邂逅該已是浮華都盡，男人與女人也沒有比這時更懂得了彼此，戰亂使人樸素。不知蘋果花是白色還是粉紅色，但我愛想它是淡綠色，飄揚起來時像下雨，極清極淨，是詩裡才有的山水草木。

俄國和東歐南歐的土風舞完全是從民間出來的。酒肆集市裡隨時清出一塊方地就可以即興而舞，所以非常活潑，地方色彩也濃，一個舞步往往是好多人好幾代磨下來，有當地別樣的傳統和情感，不像華爾滋通行國際，成了社交舞。俄國土風舞大多驟烈，如〈販子舞〉，〈小馬群舞〉，一場跳下來渾身是汗，大概起源只為了如何取暖便如何好，像我們冬天裡用下課的十分鐘，挨著牆角角擠油渣，擠呀，擠呀，也能夠擠出舞蹈來的。撲克步在烏克蘭跳起來與俄國本土就不同，烏克蘭的每個第一步都抬得非常高，一蹦一蹦的像隻蚱蜢；俄國本土的因為天氣嚴寒，皮靴穿著也有數斤重，起步不易抬高，跳來便沒那麼稀奇古靈精樣。保加利亞的〈快樂恰恰〉變化都在腳上，四五個人臂勾著臂，踢踢踏踏的移過去，再踢踢踏踏的移過來，即興得很，但那舞步之美還非當地人跳不來的。蘇格蘭土風舞就更是在炫耀腳上功夫，跟他們穿的裙子有關係罷。一行行的人筆直站著，單腳獨立，左手插腰，右臂高舉，音樂一響，是風笛嗚哩哇啦的砸將下來，便原地一邊踮起足尖點跳著，一邊正踢，側踢，反踢，拆開來踢。風笛尖銳，不協和，節奏越來越快，踢得糊塗起來了，忽然嘎——一頓，換腳單立，也換了手臂插腰高舉，馬上又接下去點跳踢勾，如此要反覆好幾次才結束。墨西哥的〈帽子舞〉也是，一男一女站在臺兩邊，男子插腰，頭戴一頂奇大的寬邊草帽，把臉蓋得低低的，像一朵菇，女子持裙。有長長的十四拍時間兩人半屈著膝向中間移動，非常矜持的，錯肩而過，至臺的兩邊，再一次十四拍回來，然後錯肩而過，三番五次的幾個十四拍，眞是長期艱苦抗戰。每回的變化都在腳步上，極盡腳趾、腳掌和腳後跟之能事，這才明白腳比手是臍而下，到底笨，有尾大不掉之感。我們初學時不懂得力要支在大腿上，光靠著腿肚子用力，只見大家鵝掌似的，叭噠叭噠十四拍來去，踏得胡塵四起，第二天起牀，腳像蘿蔔生了根，寸步難行。

亞洲的舞蹈則注重手指的變化。調子悠長緩慢，反而不容易舞得好。〈木瓜舞〉一排男的一排女的面對面站好，身子柔和的前後隨意擺動著，擺著擺著，夏季的白晝和蟬聲給擺得好長好長，人在樹底下瞌睡去了，連夢也甸甸的沉靜下來。〈蘇羅河畔〉邊舞邊詠，河風吹來，遍地是果實成熟的馥香，拂人欲醉。希臘土風舞也有這樣的綿延之勢，〈蜜色羅小姐〉是眾人手牽著手圍成單圈，舞起來如波浪緩緩的起伏，讓人想到他們的地中海。「今天的天空很希臘」，天空與海水沒有片雲也沒有浪花，那一大塌藍到無極的藍，使人心上發膩、發慌了。希臘和中國人同樣都是沒有私生活的，他們喜歡與人相處，在街市上廣場上晃來晃去，或是聚在橄欖樹下辯論。

再是以色列的土風舞最有幽渺長遠之思。他們也有快節奏的，都是表達著對水的喜悅，在黃沙漠漠的乾旱裡，一點點的綠意和泉聲便足以感恩不盡，〈水舞〉是見到沙底汩汩流出的清泉，大家蜂擁而上，手舞足蹈的喊著、「MY! MY! MY!」MY是水的意思。西部電影裡有類似這樣的鏡頭，先是整片大地突然澎澎的鼓動起來，仰頭一望，石油衝出了高高的塔頂，像雨一樣嘩——的傾盆落下。

以色列的舞蹈很少雙人舞。雙人舞講究的是人際關係，如華爾滋和探戈，舞的時候對象擺在對方。而以色列則全然不以人爲對象，要不是圍成單圈向著圓心共舞，便是個人舞個人的，那種漠視對方存在的程度，甚至到了不需有男女的分別，單是一心一意仰望著一個不可見不可名目的強大，這樣頑狠的固執力，眞是不可思議。〈安息日〉的調子十分寂靜寂靜，是沙漠大得無邊無涯，陽光沉沉的落在沙上，有一種深杳蒼茫的悲意。舞者一仰一俯間，極其莊嚴樸素，簡直是祭祀之舞。以色列民族終朝流徙不定，長長的駱駝隊無聲無息走過一片又一片的沙海，爲了尋找一塊土地，建立上帝的國度。〈戈蘭高地〉舞時成單圈，前後手連著手走駱駝步，緩緩的移動，舞者的面孔都望向右上方，那裡是他們的家園，他們的天國。先知但以理曾經夜觀天象，感知了以色列民族要出來一位眞命天子，從此叫以色列人全部翻身。他告訴他的族人：你們要切切注意，天上那一顆最亮的星星出現時，就是彌賽亞來了！你們要跟著星星去，找到我們的彌賽亞。這一句預言在族人之間迅速的傳開來。於是等待著等待著，這一代的父老過去了，把預言傳給下一代，下一代也過去了，再下一代又過去了，沙漠的日子像太陽底下燠熱的影子，以色列人開始疑惑了，彌賽亞的來臨也許不過是一個傳說一個夢罷。一代一代的過去，彌賽亞如眞如幻的傳誦在以色列民間。而果然在西元元年彌賽亞誕生了，以後彌賽亞還將要再來，這種全民族的大意志力貫穿著以色列的整個歷史，實在不得了！

我知道我的土風舞永遠不可能舞得最好，因爲我是太聰明又太冷酷了。我可以把舞跳得全場生輝，而我自己的人絲毫不在當中，這就注定了只是玩票。

一回去土風舞社，將額前的長髮攏成一束，紮在一邊，露出整個額頭來，立山而見到立刻說好像仙童，我聽了一呆。因爲小時候一度興起這種髮型，那時跟著的還有于素秋、蕭芳芳、陳寶珠的武俠片，我們便整天掄著棍棒刀槍滿屋子廝殺，學校裡則在荒草沒膝的後園中結拜師哥師妹，古松雲鶴，煉丹求道的那股仙氣，眞是嚮往極了。想起童年，就是這一段，嗟嘆不完，長大了，偶爾梳起這種款式，都有異樣的情懷，但也從不曾有人注意過。現在讓他一語道中，彷彿我們相共過那一段日子，一句話就此成了知己，已足夠七仙女思凡起來。〈喀什噶爾舞曲〉原是對唱歌，編而爲男女偶舞，特有一番潑潑欲濺的情致。男子唱：「溫柔美麗的姑娘，我的都是你的，你不答應我要求，我將每天的哭泣。」女子回唱：「你的話兒甜似蜜，也許心中是苦的，你說你每天要哭泣，眼淚一定是假的。」「你像那黃色的賽不得，低頭輕輕的摘下你，把你往我頭上戴，看你飛到哪裡去了。」「賽不得花兒是黃的，只怕你不敢去摘它，黃色的花兒頭上戴，手上的鮮血用啥擦。」「天空的顏色是藍的，喀什噶爾的河水是青的，你不答應我要求，我向喀什噶爾跳下去。」「你的話兒很勇敢，也許未必是眞的，你向喀什噶爾跳下去，我就決心答應你。」這樣一答一唱的來來去去，眞作假來假亦眞，倒把人給弄糊塗了。甚至還跟他去看過一部很壞很幼稚的電影《地虎吃天龍》，在電影院裡坐了兩個小時，居然也覺得喜歡。立山而畢業離開之後，我的土風舞也宣告終止，雖然偶爾聽見土風舞音樂心上也會被惹動，但已是不再去跳的了。

以前中國的舞蹈與其說是舞，毋寧更是一種禮儀進退之美，如《詩經》裡描寫舞蹈的場面，文舞者左手執籥，右手秉翟，武舞者有力如虎，執轡如組，完全是朝廷上的君臣之禮，一句「簡兮簡兮，方將萬舞」就擺出了一統江山的氣派來。舞蹈遍在日常生活的應對進退之間，最能從平劇裡看出，平劇的每一個動作都是舞蹈，但也都不是舞蹈，美到了極點，卻不過只是平常賓主往來的禮儀而已。中國的舞蹈是忘了其所以爲舞蹈，因此能大到和整個的政治造形聯結在一塊。民國以來的中國，新的禮樂一直未成，雖有現代舞民族舞這些，但都不能算數的。我想著土風舞在中國該是個怎麼樣子的，那必是舞起來遍地都要起風了，〈扭秧歌〉就是懂得一個「風」字，吹得人心的花朵搖搖招招的。我們今後的舞蹈不光是在國父紀念館表演的，而是大街小巷裡都舞起來，和著歌和著謠，一路舞去，舞出一個新的中國來。

無題

雞啼了，已是黎明，我剛才看完《赤地之戀》。

這一夜我已經歷了人生最大的驚濤駭浪。窗玻璃映著微藍的天光，遠遠的天邊隆隆響著飛機聲，此刻就算死去也是今生圓滿無憾。我甚至對共產黨也沒有仇恨，只是蒼涼，蒼涼到了極致，變成一種痛楚的清明，眼淚落下來也是清澈的。

我要反共，反共的理由有千千萬萬個，而我的單是爲了《赤地之戀》。

昨天晚上大家寫春聯，大紅灑金的春聯紙，有一幅寫著「太平眞富貴」。在這動亂的世代裡，個人的安穩彷彿存在，其實是很渺茫的。深暖的燭光下，這兒有我的兄弟姊妹，我的父母，我的家，還有他此時正在南返的列車裡。可是這些算得了什麼呢？個人的太平如朝露，必要整個世代安定了，才有眞正的、永遠的富貴華麗。

我生天地之間，竟是專爲了反共來的，爲了書中的劉荃與黃絹，這匹夫匹婦之怒，已足使我將一生全部拋開了去。

談《赤地之戀》

黃絹第一次出現，寫道「人叢裡有一個美麗的女孩子」，令人非常訝異。張愛玲筆下的女子，流蘇、嬌蕊、薇龍、月香的美都是從反面或側面描述，把美麗明明提出的，這是第一遭。才讀到這兒，就已驚喜得坐立難安，像張愛玲熟讀《紅樓夢》，不同版本上稍稍生一些的字兒，自個便會蹦出來了。

張愛玲喜歡藍綠色的封面，在書報攤上打開一扇扇夜的窗，望出去是盛唐繁華的星空和街市。《秧歌》裡的長安城沉寂了下來，有清晨白白的涼意跟曙光，沒有什麼傳奇了，都已成爲昨夜的，張愛玲也恐怕它不能爲東南亞的讀者所接受。《赤地之戀》則一反過去的作法，張愛玲簡直要站出來說話了，在藝術的框框裡衡量是個犯忌，所以夏志清會說不如《秧歌》寫得好，可是當然不是這樣的。《秧歌》以前張愛玲的文章是民間的風謠，即如《秧歌》已提出了抗議，但《赤地之戀》中這樣多這樣大的肯定，是非「士」的情操不能寫出的。反面的文學還容易寫，寫當年的所謂歸國青年才俊，佟振保、范柳原，或年輕知識份子潘汝良，全是嘲諷和反逆的，要正面來做肯定的可就大不好寫了。如西洋寫正面文學的總嫌太嚴正肅峨，以他的善良正直壓倒所有的邪佞宵小，而偏偏某人並不是什麼正道上的人物呢？豈不要學孫悟空大鬧天庭了。因此西洋文學還是反面文學寫得好，像亞里士多芬尼的喜劇勝過那時所有的悲劇作家，再後是蕭伯納的諷刺文章。《赤地之戀》裡的肯定則是把邪與正一起都肯定了，因爲邪正之上還有一個天道是不分邪正的，我們反共的心情並非以正剋邪，而是正邪生在一塊，同爲這個世代爭口氣，爭口天道好還。將來的局面也不是正勝邪，而是翻，中華民族全民族的翻。

《赤地之戀》特有一種學生的清純樸素，是以前張愛玲不曾寫過的，近作〈色・戒〉也寫學生，但沒有這樣的清。卡車載著一批學生組成的土改工作隊，行駛在那黃沙滾滾的中原上，唱著他們新學的土改歌曲，可是劉荃還是喜歡那支熟悉的：「我們的中國這樣遼闊廣大……」使他想到「天蒼蒼，野茫茫」的境界。年輕的時候，對大漠邊疆總有一片無限的愛慕和志氣，眞是青春浪漫得奢侈，共產黨的初起正是合了年輕人的這般獃性。至今海外還有對共產黨執迷不悟的，且不論幼稚可笑，亦有許多仍是爲了熱情理想，這一類人回去大陸之後，也到底不能不與之訣別了。但我們就要明白反共的宣傳，實在不可以只建立在人民生活的比較上了，連共產黨暴虐壓迫的仇恨也不足夠，要起來一個大的思想運動，是對應大陸的，也是對應全世界的。要明白我們之所以反共是因爲共產黨阻礙了歷史的新生；要給那邊和這邊的青年新的浪漫，新的理想，足以爲之如生如死。唯是這樣的反共才反得起來的。

劉荃一批學生到了韓家屯，天黑正落著雨，村人擎火把提燈籠出來迎接，火光在雨中流竄不定，鑼鼓聲響，人語沸騰，黑暗裡隱隱一隊青年男女扭著秧歌出來。這雨下得人心慌意亂，年輕的一生都不確定起來，又像是對自己此刻的存在格外痛惜，容易流淚，準備寬容一切，身外之物竟是這樣的親到了極點。所以這批青年初至鄉下，住的不好，吃的不好，卻對什麼都有一種糊里糊塗的感動的喜悅。令人想起〈色．戒〉裡的佳芝，學校話劇公演完了，跟大夥出去吃消夜，鬧到夜深，眾人踏著馬路回來，仍然嘻笑個沒完，漫空的星光和涼涼的夜氣，佳芝忽覺得淚水盈眶，今生也許就這樣豁出去了罷。她後來眞的做了女間諜，美人計不成，被逮捕了槍斃。爺爺說，抗戰時候大家都有著一股莫名的愛國心，烽塵遍地間，一時雲霧撥開，見到了整片混黃的江山如夢。

共產黨勢必要被淘汰的，因爲任何一個革命行動，會出來多少的千古風流人物，他們卻搞來比賦成階級鬥爭，弄得華夏江山一團烏煙瘴氣，後來連毛澤東也眞是面目可憎的了。

土改期間的整肅批鬥，其殘酷恐怖，使人想到當年黃巢過境，人與雞犬俱亡，斷垣殘礫，世間還有什麼可靠的？三反時期，指鹿爲馬，至親皆成路人，世上又還有什麼可信的？崔平趙楚原是患難知己，焉知趙楚一封檢舉信竟給崔平出賣了。崔平雖也是恨不得能在戰線上再救趙楚一次，明明心跡，但這是一個多麼兇殘的時代，人們只是唯圖自存吧，如果崔平流淚了，那已是死去多年的一個男孩。趙楚的妻子周玉寶，也曾肚腸痛斷過，趙楚槍斃後，她安靜了下來，寫成一篇自我檢討「叛徒趙楚毒害了我」，只因爲他已經死了？而她還活著，如此年輕的活著。劉荃又能如何呢？他對唐家，二妞，對黃絹，完全無能爲力，這世界已夠荒謬可笑了，不在乎他的反抗，那不過只有愈加徒然得可笑罷了。青年的天眞熱情，到頭來整個是一個毀滅，一個虛妄，歷史上再不曾有過這樣徹底的欺誑。

可是，難道一切果眞都絕望了嗎？在這最大的摧殘破壞下，究竟還有沒有一點點剩餘的什麼，能夠做爲將來光復大陸後重建家園的憑藉呢？這裡張愛玲便站出來說話了。張愛玲酷愛事實的程度到了著迷的地步，但她自己到底不能甘於只是報導文學，甚至在這部著作中，她不能只做爲一位小說作家。她更超過了出來，擴大了出來。極細末的地方就可見出和從前的不同，像黃絹的「美麗」，直接寫出來兩次之多。

二妞對劉荃，是在茫茫眾生中忽然發現了自己至親的人。她一直不曉得自己，見到劉荃才彷彿明白了起來，知道照看水缸裡的影子了。土改運動雖然鬥得二妞家破人亡，她卻並沒有仇恨劉荃，她對劉荃也不是相信，也不是寬容，而是一份說不出的，毫無緣故的至親。因此她也並不見得是懂得劉荃無能爲力的苦衷，而是豁脫了是非恩怨，與劉荃直見性命。這種單純的，直觀的與人、與物無間然，比原諒或赦免都要更大更美，在這黑暗可怖的世界上，照亮了一道光芒。

戈珊像極了一幅畫裡的女人，「暑假的天空一顆熒惑星閃耀著，天邊一道殺氣，隱約見胡騎的影子，畫面的一角是一妖氣女子白身仰臥在星光下，眼皮搽煙藍，胭脂嘴唇，指甲搨紅，肩背後長長的披髮。」她學生時代就跟著共產黨走，像那時代所有的青年，委身於一場空前的浩劫中。戈珊所遭遇的一切都是虛妄，只有劉荃仍是心實的，而這於她也不過竟是荒唐，她即使在劉荃心底生了根，仍舊要對他紅杏出牆。她對黃絹絲毫不同情，更還有著可怕的殘酷；她救了劉荃，卻完全不屑於他的感激；她其實對自己也不存一點哀痛。「自古皆有死，民無信而不立」，世道無信至這步田地，她就是那幅畫裡的妖女，象徵著一個世代最大的毀敗、沉淪。現在眞是什麼都完了，但張愛玲還是不能夠放棄。劉荃接到電話時，沒料到居然是黃絹來到了上海。戈珊那裡翻看文件，把電話線挽在手上繞著玩，越繞越短，劉荃不得不轉過頭來對著她，她有意無意的望他笑了一笑。此處張愛玲寫道：「那嬌媚的笑容裡沒有絲毫的歉意，但是彷彿有一種無可奈何的神氣，又像是眼看著許多回憶化爲煙塵，使她感到迷惘。」這一刹那，也惻動了她的眞情，雖然眞情對她已是陌生得無法懂得。還有劉荃冒著危險去她那裡，感謝她的手下留情，戈珊坐在窗枱上，曬著太陽織毛線，態度十分冷漠；劉荃離去後，她繞著繞著紅線團，忽然落下淚來。這一刻眞是好一個雲霧撥開，又見到了日月山川如恆。縱然只是這一瞬間的思省，卻已足夠見證了天地不至於無常，人世依舊有信，我便還能有個生存下去的勇氣了。

當然，最大的見證就是劉荃與黃絹的愛情。

張愛玲沒有如此肯定過愛情，年輕的，明亮的愛情。《半生緣》前面有這個，可是後面實在太沉慟了，想起曼楨他們時，只留著蒼黃中年的印象。《傳奇》那本集子，寫七巧女兒長安的一段也有，愛情使她在污穢的環境裡乾淨，坐在門階上吹著口琴：「Long long ago...」一種清明的蒼涼，但也隨即被埋葬掉了。〈傾城之戀〉是從戰爭裡打煉出來的愛情，打去多少浮華誇張，才有的一份樸素、實在。其他的感情則都是千瘡百孔的了，張愛玲意欲品味出這麼一些些的人生味兒，所以對創作嚴格，材料卻一律偏愛。

然而《赤地之戀》之愛情還不是這些，這裡的是在情之上的一股浩大光明之氣，像神的光，貫穿了太古至今，通向永遠。天道恒在，於是我們就可超越過成敗恩仇，對共產黨也能菩薩低眉，甚至照樣與之瀟灑，在爭戰之外還有對天道的游刃餘裕。如此就把反共的境界提昇了，也不是光明與黑暗的抗衡，也不是正義與邪惡的鬥爭，誠如爺爺說的，是中國的全體人民共同面對著侮辱人類的嚴重事態。這時再沒有敵我的兩條命運，要就是侮辱者與被侮辱者一齊起來，禊祓陰霾，才又見江山如畫，一時多少豪傑！一萬四千個戰俘中，劉荃選擇了遣返大陸，他的生命是黃絹的一生換來的，他要善用他的生命。這眞是叫人永遠的想也想不完……

談起來，天心驚訝道：「啊？赤地之戀，戀的不是那塊黃土嗎？」我也詫笑起來，當然不是嘛。但她這一錯眞錯得好，切題又不切題，還把黃絹和劉荃的愛情，描出了一幅海棠泥土的風景來，更使人思懷不盡。

現在大陸出來報導內幕的文學越來越多了，共產黨怎樣要封鎖也是禁不住。從陳若曦到最近的古氏父女，其作品看了覺得人心終究還未死絕，廣大的民間仍存信義，雖然也已經微乎其微了，但正如二妞、戈珊所給我們的一線曙光，便足夠做爲來日復國建國的基礎了。只是，這些不能再等待國際局勢的變動，因爲光復之外還有個世界文明崩壞的問題，須賴中國文化解決。我們該如何催進光復大陸的行動？

去年《聯合報》越洋電話訪問陳若曦，她不同意共產黨的做法，但仍舊贊成社會主義，因她不曉得除了社會主義還有什麼東西能夠代替。古威威我們問她可知道三民主義嗎？她平正答說：「在大陸上，並不曾知道。」所以我們就要來發啓個思想運動，掀起一陣大風吹到大陸內地，讓他們明白共產主義以外是有全新的理想，可以爲之揭竿起義，陣前倒戈。喚起那邊多少劉荃一般的青年，與天同行，來個翻江倒海重見中國的山川風露。

張愛玲的文章予人以這樣大的感興，看得心熱了，恨不得買一張飛機票直飛洛杉磯，請她快快別在美國了，回來和我們一塊住著，再寫出絕世的開國文章。大家一齊寫作，一齊發動思想，打出美麗的江山，該是多好、多好的事呀。

梨園素人

小徐的伊底帕斯演得非常好，我也頭一次發現希臘的服裝是西洋衣裳裡最美的一種，那雪白長袍好像神殿的石階石柱映著日色，日色不是色，是色之初，又是顏色又是光，是西亞細亞古代文明的光輝殘照，卻已足夠照亮了地中海和它的天空，成爲西方文明始生的星宿海。

那種白色袍子，斜肩搭著一襲長巾，簡單、樸素、而高貴，彷彿只有在祭祀裡才穿著的，因此我想到鄧肯、伊莎多娜的舞蹈，爲什麼大家都說充滿了宗教的氣氛。鄧肯是徹底反對芭蕾的，她說芭蕾舞粗惡、俗賤、機械化，大大的違背自然，芭蕾的舞衣長襪短衣將身子裹得緊緊的，也是最造作最難看的服裝。鄧肯心醉於希臘文明，她的舞蹈直溯希臘悲劇裡的歌詠團，白袍、赤足，舞台上也沒有任何佈景，永遠就是一幅藍色幃幕做襯，是希臘的天空與海洋罷。

但是鄧肯承繼的是希臘悲劇，還不是希臘的建築和雕刻，更非數學物理學。希臘建築跟雕刻很闊達，有著喜悅的光明，不大讓人覺得它是藝術品，而希臘悲劇恐怕太藝術化了，太藝術化就眞的變成了宗教，宗教則缺乏軒豁。希臘的服飾有著祀祭的高貴，祀祭而不變成宗教就很好，所以希臘建築、雕刻、數學、物理學與阿波羅同在，眞是明亮照人的。悲劇則離太陽神越來越遙遠了，失去了光，成爲純粹的顏色，它可以是非常偉大的，但偉大並不就是大，一如宗教的拜神，反而竟是與神違隔的。

初看鄧肯有幾分像三毛的個性，看下去會驚嘆於她的生命力這麼強，及至看完了，長長的嘆息一聲，她果眞是達到了他們的和她個人的所能達到的極限，換成我是她，處在彼時彼境，大概也只可以是如此的了。天幸生爲中國人，我們有我們自己的，更好更高，遠不是他們所能懂得。比方說，三毛與鄧肯同樣都是叛逆的、爛漫不羈的，但三毛卻不會令人要用生命力強來形容她，生命力強其實是個很不悅目的字眼呢。兩人也都是激烈的，三毛在激烈中有寬厚柔和的底子，她的衝突隨處可以化解，她是「蔥綠配桃紅，參差對照的」。而鄧肯是大紅配大綠的對比，沒有餘地。鄧肯說叔本華、尼采和華格納是最舞蹈的，這也使我想起尼采的一篇文章〈悲劇誕生於音樂精神〉。

音樂精神是什麼東西呢？叔本華認爲是意志世界和表象世界，音樂不是表象的摹本，而是意志本身的摹本。尼采講得更明白一些，音樂是透過整個表象世界，顯示它背後原始太一的美的喜悅。

科學家將自然界觀察到的無數複雜現象，簡化成爲單純的數學公式，尼采卻以爲音樂比數學更能夠準確無疑的描述物形背後的眞象，鄧肯的舞蹈也是爲要追求這個象徵。我們看到她那樣的燃燒生命，一心要燒煉出她的精魄，與永恆不變的最後原理相見，終其一生卻總是什麼地方差了一截，就是那麼一截，便注定了成不了正果，我也疼惜她，看得動心，恨不得自己燃燒了去塡滿她所差的那一截。修行的事眞是寂寞而又淒涼啊。

伊底帕斯弑父妻母，雖然他的行爲破壞了律法和自然秩序，但也同時創造了意義更爲豐富的結果，這結果足以從舊世界的廢墟上建立起一個新的世界。希臘的詩人相信生命是永恆的，永恆必須透過悲劇英雄的敗亡而非勝利才可以求得。西洋人後來接受基督教，指望把耶穌釘在十字架上流的血洗去舊世界埃塵，然後新的世界才起來了。悲劇是希臘人的宗教，所以它的力量會這樣強大。

新石器文明，我們的祖先豁然開了悟識，一刻之間見到所有物形背後的眞象，發明了音樂和數學。在這以前人類還是和動物相差未幾，一刹那的覺悟，人就解脫了動物之身而成爲如來身，這時刻是多麼的歡喜啊，全世界都被那歡喜的光輝照亮，山川才成了山川，日月也才是日月，人與山川日月一同對歌起舞。帕西農神殿坦直的丹柱，無華的柱頭，丹柱上三角牆淺刻著浮雕，在俯視大海的山丘頂上，以青天爲襯托，樸素、明朗、大氣而具人情，一種理知的美，是要人覺悟之後與大自然並行才能夠擁有的。

哥德式的教堂就完全不同，綴滿了繁複的石雕花紋，尖狹的屋頂高高的聳入天際，繁複是它離自然遠了，尖狹則是人匍匐在上帝腳前，要萬物都凝縮了來崇拜神。埃及的寺廟又是另種風格，碩大無朋的花崗石建築，似乎只有颶風和地震的力量才能造成，一股非人的威力，雖然穩靜卻是巨大無比的威力，把一切屬於人的東西都化爲了烏有。他們似乎只意識到大自然的可怕和不可抗拒的支配力，在這大力之下，人的存在已經被消滅了。然而，我們的文明始生之時並不是這個樣子的啊。

是從什麼時候算起呢，從他們在埃及巴比倫發生了奴隸制度，我們這邊出現井田的時候算起吧。奴隸制度使他們墮落了，自此西洋史走的是物種的生存競爭到人類階級鬥爭的傳統，佛教說「人身難得」，他們就是一旦將人身淪喪了，墮入無明，從那個時候分歧開始，一別數千年，今天陌上相逢，彼此問一聲：「別來無恙否？」即刻淚沾胸襟。

井田的人世涵養了文明的正傳，文明人世裡每一個人都是如來之身，上帝遍在於山水草木花鳥之間，好到兩兩相忘的化境。我們不是要追求神境，而是在地如天，人世裡有著悠悠的仙意，今生已是永生，我不生今世生何世。他們的卻是要拿動物之身來追求神境，該有多大的隔閡與障礙？因此耶穌基督必須釘死在十字架上，爲千千萬萬墮落的人贖身，贖回清淨明白的身世，才能再與最後的原理相見。希臘悲劇的洗滌作用也是這樣的嗎？悲劇英雄必須擔負了他們祖先犯下的無明的罪，他是高貴的、智慧的，卻命中注定要犯錯遭受不幸，因爲從他的敗亡裡，罪給卸除了，新生的一代站起來。

希臘悲劇的力量就是在這裡了罷。他們的身世得來多麼不易，以至於帶著惘惘的威脅，彷彿隨時都可能突然永遠的失去了。他們想要小心翼翼的呵護維持住，可是人身並非能夠持護住的，有賴持護的東西總是不可靠，人身要自然生長，生長在蕩蕩的文明人世裡。他們因此而迷惘了，或者宇宙只是一個天大的愚蠢？荒謬？基督教給了他們完全的肯定，肯定宇宙是有意志、有目的、有永恆不變的絕對眞理，這樣他們也才有了生存下去的意志與盼望。如果沒有基督教堅定了文明的這份信念，他們早在羅馬時代就要整個滅亡了，是眞正的滅亡，連一點點塵埃都不揚起。

宗教只便是一個力量強大，但不夠豁達和喜氣。他們的浪漫派給我的感覺也是這樣，看似非常飛揚，其實壓迫力很大，膠稠濃烈的化不開，將人都給席捲了進去，爲藝術之神殉身。剛剛過世的顧教授說藝術是他的宗教，講出這種話來，我怎麼還能對他的去世有一些惋惜之情。連耶穌都說了，人子不爲燔祭，屈原的投身汨羅江也尚且嫌壯烈。凡是革命者只有被殺，沒有殉身。革命者連天命都可以革掉，他比天還大，天也難以支使他呢。

當年梅蘭芳在紐約演出時，Stark Young看了梅氏的做工表情，因而懷想到希臘古劇。他道古書裡常有議論希臘戲劇的地方，雖然文字懂得了，意思卻往往不能明白，總是因爲沒有看過表演，難以想像它的妙處。這回看了梅氏的戲之後，使他數年來讀不懂的書，竟然完全了解了，一切疑團頓然冰釋，眞是叫他歡喜欲狂。從前他常聽人說中國戲劇的作法太不像眞，但現在看過了才知道那種表演竟是非常的眞，不過並非寫實的眞，卻是藝術的眞，比本來的眞還要眞。我想他所說藝術的眞，就是一切物形背後的眞象罷，眞象的眞比實物的眞更眞，連科學上的研究不也是這樣的嗎，理論的眞實大過事件的眞實。

他又說美國寫實式的做工表情都顯得呆板浮淺，一看就沒有了。梅氏的表演，從眼的動作，到手的動作，都是恰好而止，沒有過分的毛病。姿態十分生動，使人看了同樣的懂了，可是懂了以後，還有含蓄不盡的，綿綿脈脈的深意在裡面。梅氏面上的表情，有人以爲寫實，其實並不是寫實，乃是一種有規矩的表現法，絕非用暴烈的感情，浮淺的舉動來表現的。還有各角色在臺上或坐或站的位置，都很好看，雖然並不像眞事那樣自然，但安排的濃淡距離，每一刻都是美術的。這些地方是中國戲劇最高深的地方，萬不是寫實的方法所能辦到。中國戲劇的舉止動作，極雍容大雅，氣質之高，分量之重，實在在世界戲劇之上。

這是近半世紀前一位美國劇作家對我們國劇的看法，聰明人講聰明話，原是當然的事，本來大可不必挾外人以自重，只是我們教戲劇的黃教授說，平劇的舞臺沒有佈景是因陋就簡，豈非誤人子弟誤到西天去了。有句話「千里路途三五步，百萬軍兵六七人」，正好說的是平劇舞臺的完全不受時空寫眞限制，充分表現了文明中對於「無」的豁悟。有限時空同時也是無限時空啊。

眞象的眞比實物的眞更眞，眞象的表達又有幾種不同方式，一種是數學符號式的，把生命的諸現象結晶起來成爲一條公式，它單是符號，本身並沒有造形，沒有像書畫文章的本身即是造形。寫實劇被時空造形的限制太大，就起來了反動，走數學符號式的超現實派，不搞佈景，不講劇情，不演人物，一群人在舞臺上晃來晃去，或者靠著衣服的顏色來代表某種意義，白色純潔，黑色死亡，紅色愛情，一場什麼人也看不懂的戲。戲劇本質上是造形的，這樣故意打破造形走極端自然是行不通，也隨即夭折了。張曉風編的戲就有些這種趨勢，我們看著畢竟隔膜。平劇卻是造形中的眞象，二爲一，一爲二，同時寫意，也同時有著現世的繁華熱鬧，融和得如此調和，根本不讓人去想到這些問題。

李曼瑰的《瑤池仙夢》，最後王母娘娘對漢武帝講的一段話，安排在樓上觀眾席，叫大家都吃了一驚，認爲是值得稱讚的突破。文化學院戲劇科演出《凱撒大帝》，安東尼演說完畢，瘋狂的群眾從觀眾席裡擁上舞臺去，也是故意要打破舞臺空間的限制，這些小小的設計其實可憐得很。比較有創意的是《彩鳳的心願》，沒搭佈景，靠著許多木箱子的各種組合跟擺置，表示不同的場景。舞臺設計林洲民，我也想見見他的人，後來在萊西老闆家吃冰碰到，馬三哥和他略略談及，讚許他能有化繁爲簡這種觀念，是不是還可以在理論上更發展擴充呢？方才知道他只是因爲來不及搭設佈景了，急中生智想出來的法子，並不是出於什麼自覺而發想的，很是令人失望。那才眞正是因陋就簡了。

電有電場，磁有磁場，戲劇也要有戲劇的場。平劇的場是一個無限時空，無限時空同時又是有限時空，兩者合在一起便是悠悠蕩蕩的文明人世。現代戲劇除非建立起這個無限時空的場，否則光靠想辦法來振興話劇以爲中國現代的戲劇，是壓根兒成不了氣候的。

中國現代的戲劇將是個什麼樣的造形？現在似乎也難以想像，我們所知道的只是，戲劇的發展成形卻是要來自於非戲劇的地方。一如有了漢朝的天下，才有司馬相如的會作漢賦。唐詩、宋詞、元曲、明清小說，都是在新朝的王風拂蕩裡自然成長的。而今天民國的氣運尙在流離未定之中，戲劇又從何長成呢？

我們的志氣會是更高更大，立願做一位革命者，開出民國新朝的天下來。然後，就有新的詩人，寫出新朝的正聲雅樂。

仙緣如花

中美斷交所激起的民心士氣，令我忽而心有所感，果眞是天不亡中華民國，我們的思想運動正好迎頭接上這股浪潮。如帆之得東風乘便而起，光復大陸的新局面也許就在這三五年間。如此無端的樂觀起來，轉而忽然覺得光復的大事其實不算難呢，眼前新起的課題反而是光復之後建國的問題，恐怕那時候才剛剛是我們事業的開始。

我興奮的繼續和馬三哥說：「一定要辦個三三大學，風氣之新更要超過當年的北大，領導全中國青年建設國家……」這樣纏著他吱吱喳喳論說了一大通，他只平然的說：「但這未來幾年的事眞的是難，你也要知道得深刻。我們都是貴重之人，我相信必定可渡得過無論什麼大劫的——可是首先啊你就要知道好好照顧自己的身體，像你這樣起牀不加衣服亂跑，一天到晚感冒，等鼻子弄成鼻竇炎，還去辦大學麼……」他說著逐漸面露笑意，一副歹相。我立正敬了一個舉手禮道：「遵命。再不感冒啦。」不等他伸手逮住人，我早已跳到門邊，倚著牆望他笑。小九九蹲在腳前，蓬鬆鬆的尾巴掃著地面，仰頭盯住我望，褐色的大眼睛也都是笑。

大二那個暑假，我才豁然明白了學問究竟是怎麼一回事，明白得徹徹底底，天地都爲之一亮，於是我的前二十年竟可以完全不算了，從那時起才是一個新生的人。我眞是歡喜極了。在牧羊橋上站一站，水影相映也彷彿不能勝任。

那年一放假，大家就約齊了一塊兒寫稿，參加《聯合報》第一屆小說徵文，爺爺說等我們文章寫好，八月開始教大家讀書。我心裡想必定是集中在爺爺的客廳裡聽講罷，卻遲遲不見動靜，又不好意思催駕，一天盤桓來盤桓去，也歪在牀上看看高祖和項羽本紀，只覺暑氣蒸騰，常常看沒兩頁就睡著了。一回散步當中，爺爺問我高祖項羽本紀唸完了嗎，隨即便談起漢民族的明亮壯闊和楚民族的幽邃華麗，問我喜歡誰，我說喜歡劉邦，爺爺點頭道：「好，項羽的人容易懂得，可是要懂得劉邦，除非你的人跟他一樣高一樣大。」當時我就想到了林黛玉，也是要第一流的人品，才能懂得她的。我和爺爺一路講著話，相思林裡的農家炊煙嬝嬝，馬路上小孩在跳橡皮筋，而我仍然還不覺悟，就光是傻里傻氣的高興。爺爺又笑問道：「你說說我這番話講得好不好呀？」我也就是傻笑，根本不知道爺爺是在講學問呢。爺爺叫我回去再讀讀〈秦始皇本紀〉，〈韓信列傳〉，〈司馬相如列傳〉，〈封禪書〉，《樂書》，我都一一找來讀了。

後來偶然聽見爺爺說：「最好的老師是「無師」，我們慣講的，無師自通。」頓時我才恍然大悟，原來爺爺早就開始教讀書了，卻是好到這樣連學問的名都不必立，當眞是相忘於江湖，爲我展現了一片全新的風光。

端坐在書桌前看司馬相如的〈上林賦〉，天氣奇熱，靜靜的也會淌一身汗。我的古文程度又不好，剛唸的時候實在吃力，懂的不懂的，都像砂石一樣生生的直吞下去。整個人則是變得很小很小，柔和而謙卑，像是沒有了自己，如小學生聽話般的單是全部順從。賦裡描寫水流的情狀，「滭浡滵汩、湢測泌瀄」，「潏潏淈淈、湁潗鼎沸」，描寫水中生物的種類，「魱鰽螹離、鰅鱅鮑鮀」，「鴐鵝鸀鳿、鵁鶄鷃目」，一點都不曉得是些什麼東西啊，怎麼會有那麼多！爺爺過來望望，見我睡眼惺忪似的，手邊的白紙上歪歪倒倒寫著這些字，哈哈的笑了起來，從口袋裡掏出兩顆陳皮梅給我吃。我便是這樣似懂非懂的，一行行讀下來，蟬聲嘩嘩的喧天叫，紗窗上攀著爬牆虎，葉影疏疏的落在書頁上，偶爾風過時動一動。讀著讀著，不知怎麼書上的字句就逐漸自己清楚了起來，我也從半昏迷狀態中漸漸醒來，精神一爽，再讀下去竟沒有障礙了。

讀完〈司馬相如列傳〉，才知道西漢的人物有那樣風流，西漢的天下有那麼飛揚、強大。學者們常說漢賦是極逞堆積繁縟之能事，這是他們不懂得文學。高祖民間起兵打得了江山，至武帝拓疆開邊盛極，新朝的日月山川都是簇新的，人心都是響亮的，一草一木都光輝的，漢賦便是生於一代人的喜歡和感激，對著這樣的河山大地的頌讚。那描寫山石水流的詞彙，字字都是新鮮的，耀動著，映得人眼睛發亮，使你驚訝於漢文字的活潑性和生命力。而漢賦所表現出來的行動力，更使你驚訝於它一旦動起來的時候，便是高祖斬白蛇起義，率領全民皆反，一舉開創了漢朝四百年天下，這樣大的行動力，是史上世界各民族都不能有的。

然後再來讀〈封禪書〉。

民間神話說西天王母瑤池，講到崑崙山，便是神仙居住的地方，那裡雲霧縹緲中有千年的蟠桃樹。這是漢民族來源的古老記憶普遍根植於民間。這樣的民族記憶，果然可以見證於廿世紀初，考古學上新發現的阿瑙蘇撤文明，在現今俄屬土耳其斯坦和伊朗高原，其中一支東行，就來到了黃河流域。

漢民族一路東來，碰到了大海，泰山是陸地的東極，便在泰山築土為壇祭天，泰山下除地小山，報地之功。祭天叫「封」，祭地叫「禪」，對天地有一種親切、感激，像舊約裡亞伯拉罕離開哈蘭西去迦南地，在示劍設起第一座祭壇，向耶和華感恩。對天地有感激，便是文學的源起。漢民族雖然來到了泰山，已是發展的極致，可是那開疆闢土的興沖沖還收不住，於是都教衝到海洋上，開出了蓬萊、方丈、瀛洲的奇葩。

秦始皇漢武帝因為求仙丹要長生，幾次被人利用誑騙，班固就說司馬遷寫〈封禪書〉是為諷刺漢武帝，其實這也是後世儒士不懂文學的詩意。有求仙的想頭，是生命的大發揚，飛揚到極致，甚至要將自己整個人舉起來，乘風而去。生命的飛揚好像小孩子過年玩不厭，已經上元節也結束了，他還要賴皮玩耍下去。生命是這樣的華麗喜樂，過都過不厭，不但一輩子如此，下輩子也如此，所以要祈盼永生。司馬相如、李白、蘇東坡都是喜歡封禪的，他們的是黃老。司馬遷自己也是，他被批評為「多愛不忍」，就正可以見出他是文學家，連對壞人也有一種喜歡，因此《史記》寫得比《漢書》是文學。而中國歷史上開創天下的從來都是黃老，東漢劉秀以儒生起兵，東漢的氣魄整個就不如西漢的新鮮壯闊。黃老的是文學的「興」，是「樂」的發動。開物成務的「開物」還非黃老莫屬。孔孟以後的儒家，最不好的地方就是把這個詩意給弄丟去，到了宋儒，更是將漢民族強大的行動力斲傷殆盡了。

司馬遷寫〈封禪書〉，一是寫的對於漢民族來源的古老記憶，二是對於漢民族的未來一股莫名的大志，三是寫的文學的一個「興」字，是生命的大飛揚。

文學的興就好像春風吹動，先爲一個即將來臨的新世界醞釀氣氛，然後才有政治上的種種作爲，像桃花李花杏花牡丹花，各自開出新的風姿來。這便是我們今天要發起的思想運動，爲著醞釀節氣，此與學院派或在野派完全沒有關係，還是靠民間新起來的一批青年做成。

〈封禪書〉寫了也有兩千多年，現在讀著只覺都是今天的事，拿來對應目前的歷史課題絲毫不爽，這才是眞的文章，眞的學問，帶有革命的行動力，這也才明白了　國父所說，沒有革命就沒有學問的眞正含意。

最近文化界很熱門的一項話題，「中國的傳統與現代化」，凡是講到傳統方面，稍有程度的不外乎說傳統文化太過於理論派，難與實際現況相結合，當然囉，也不妨在現代化中，加入一些傳統的人文精神或情調以爲沖和。首先，什麼叫做理論與現實結合呢？他們對於現實的見識是怎麼樣的呢？今天世界的現實狀況，自然界能源資源恐慌，空氣河流污染破壞生態循環，民主政治爲庸人專政，福利制度嚴重傷害了人類的創造力，而產國主義的膨脹經濟則把人類文明快要全部埋葬了。今天人類面對的現實是這樣一個，他們能夠徹底知道嗎？但是他們所提出的現代化，卻是還要更多的科技，更多的民主政制，現在加上更多的人權，這樣還抱持著十九世紀的課題要來對應二十世紀當前的人類劫難，沒有半點新意和創機，將來都只好被洪水淹沒罷了。其次，如果中國文化對於現今的世界問題，只是提供出一些情調以爲沖和的話，那麼我們倒不如棄之如敝屣的好！

再就是，我們的發起思想運動，被批評爲徒設高論而少實踐。其實談到實踐也有個大小之分，小的實踐像我們辦出版社和合唱團，辦各大中小學校的演講座談會，小實踐的背後若缺乏大的方向和思想，即刻便會落入純粹事務性，到頭來不過一場無功德。大的實踐則理論本身就是行動力的，但這理論必須是革命的理論才算數，譬如《易經》和孫文學說。大實踐本身沒有名目，它只是意志與方向，像花草一逕朝陽光生長，因爲沒有名目，看起來竟是完全缺少成效似的。小實踐則像花草生長中，一節節生出的枝幹、葉片，是有名目、有成果的。況且要在這種大的實踐裡，小的實踐才可以是一寸寸活潑，一寸寸生機，隨處都有悠遊變化的餘地。老子不是也說「無用之用方爲大用」，文學看起來是最無用的東西了，但它同時卻是「經國之大業，不朽之盛事」呢。

自古以來，原就是天才者寂寞，想到　國父當年宣揚三民主義，革命幹部中有一人眞正懂得的嗎？　國父眞是狐獨的，但他也能夠不介意，與當時代的人照樣隨和。我記得趙麗蓮在聯副寫過一篇文章，回憶她兒時住在紐約的一段日子，每個星期六孫文先生從城裡去他們家談天，總是把她抱在膝上拿鬍子扎人，要她在西裝口袋裡掏出又爲她帶了些什麼糖果來。父親告訴她孫文先生是世界上最偉大的人，因爲我們的中國像一位美麗的公主被巫婆關在鐵塔裡了，現在孫先生騎著白馬，不顧一切的困難要把公主救出來。天心邊讀邊恨道：「唉，我怎麼不早生八十幾年！」這也是因此我們不做屈原之徒啊。

我見爺爺爲著這個世代，每每一遍遍叮嚀了又叮嚀，說得口燥唇乾，而世人總不能懂得，我待要來心疼爺爺，像心疼基督的朝耶路撒冷慟哭一樣，但一個遲疑之間爺爺已經又遙遙領先了好遠一段路，我是心疼都嫌多餘的，只有迎頭追上，連悲壯之詞也不必有。大家去興隆路吃豆漿，回來時山澗旁玩水，爺爺也兩腳泡進水裡嘰嘰呀呀踩著拖鞋玩，山坡上一叢叢大葉子開著桃紅小花，爺爺說那桃紅是我的顏色。我幫爺爺打掃房間，爺爺誇我能幹，在黑板上寫了劉禹錫的一句「銀釧金釵來負水」，連勞動都是這麼高貴喜氣的。爺爺便是當了歷史文明的興亡大責，平日也只是小孩子般玩耍，在非學問的地方玩出學問來。如　國父的倫敦蒙難是多麼生死交關驚險的境遇，卻不過像蘇格蘭場探長對　國父的喝斥：「頑童！」

一次我的詞選課本被爺爺拾了去，見書上註著密密的解釋，說：「我們從前唸書不是這樣的。」我非常不好意思，覺得自己很愚笨，就此讀書的方法整個改變了。現在學校裡的授課就是說明太多，學生沒有自己也想想的餘地，弄得越來程度越低，英文系的不唸原著唸節譯本，中文系的看不懂原文看白話翻譯本，老師也跟著學生一起忙得團團轉。其實教育應以「無爲」爲上，好比畫龍是要由學生自已來畫，老師不過點睛而已，哪裡是抓著學生的手畫的呢。從前的教育，小時候從背經書起，私塾先生很少講解，若是說經義太深奧了怕小孩不懂，但小孩的學習並不在於懂不懂，他是憑著單純的感知，毫無間隙的與萬事萬物面對，感知那種渾沌而同時又是極新鮮的，應是一切做學問的基本性情。表妹阿璐背〈長恨歌〉給我聽，那興高采烈、吊吊的長眼睛，和帶有客家音的、乾淨明亮的童音，使我覺得這首詩就只能夠是這樣的，詩的意義竟可以完全不必去理解。至今我也永遠記得，小時坐在父親腿上，一句句唸著古詩十九首，媽媽廚房裡一邊剁菜一邊高唱進行曲，我想著和爸爸一塊唸詩了，非常正經。

然而自從民國八年五四運動時候的決定廢讀經書以來，小學一年級唸的是，早晨六點鐘起牀，刷牙洗臉做早操，揹著書包上書去，上學回來做功課，功課做完睡覺去。現在的則是電視機、電冰箱，冷氣機，配著大大的彩色圖片，比從前是愈加的機械化了。這樣一路唸下去，沒有感情，沒有儲藏，唸到堂堂弱冠之年，只是虛長個個子，對於民族歷史起碼的見識可說是零。小孩記憶力最好的時候，用來讀這種不算數的東西，等到初中高中理解力萌芽時，倒又拿來死背課本應付聯考，豈不是正好跟我們人的生長程序牴觸嗎？以前人家從小背讀經書，讀了多少就有多少在那裡，是眞有儲積，日後在行事爲人中一一印證，那些積藏的字句便都是活的了，這不才是學問和人身修行是一體的嗎？

而且美國式教育最傷害人的地方，就是隔絕了人對人對物的感激之心，一切都落在科學的方法論上，變得人越來越沒有感知的能力了。學問光是身外之物於人不親，平常只見它架構得很龐大，十分嚇人似的，怎麼知道面臨了今天劫毀的問題，就全都變成了廢話，像斷線的傀儡忽然潰萎於地。曾經和清華的幾個朋友談天，關於看書，他們最常掛在嘴邊的便是，必須抱著客觀冷靜的分析批判精神，言下之意我是太過於主觀，太容易被人牽著走了。可是爺爺說看書是要跟好的東西相見，首先便要把身上既有的障礙撤除，以赤子之心才能和萬物素面迎接。再說就算他們讀到了絕好的文章罷，也非常吝於誇讚，頂多頗有保留的說一聲「還不錯」，我聽著眞是氣短，寧願他從來沒有說過就算了。他們這樣怕說讚美，像是說了就顯得不夠客觀，或貶抑了他自己。其實讚美是最高的批評，讚美更比批評能無遮蔽的顯出了讚美者自身的人。《禮記》一開頭就講

「毋不敬」，敬意是教人與物都能各得其正，批判精神開始便對人對物不敬了。性情不得其正，學問做得再怎麼高深也是虛浮。他們說歷史是要批判的，所以批判出大禹是條蟲子，周朝是進步的部落時代，陶淵明是生活上的失敗者，李太白則是貴族封建社會裡產生出來的虛無主義者。爺爺笑說，他們是頂希望自己的祖先是猴子哩。

對人對物的感激之心，是文學的，詩意的。無論做什麼大事，都要有這詩意爲性情，眞正的大哲學家、科學家、政治家，一定他本人就是詩意的。如果不是，那他所做的學問也不過學術罷了，注定沒有行動能力的。但美國人在產國主義經濟的襲捲之中，已是根本不知道人與人之間，人與物之間還有情意這件東西了。他們拿效率主義來批判柏拉圖、笛卡爾的浪漫爲多餘，所謂浪費效能，他們又怎麼知道柏拉圖和笛卡爾的創造發想都正是從這浪漫的多餘處來的呢。

在清大開座談會，我們提到恢復讀經的必要，不僅是文學院的學生讀，理、工、法、商學院都要列爲必讀，是專業分科之上的統一基礎學問。當下就有一位男生站起來說：「我以爲這完全不需要，四書五經是古代的東西了，對我們今天的社會現狀沒有作用。」天心很生氣，立刻駁道：「我希望你回去也翻翻看之後，再說這話好嗎。」五經是中國人的「聖經」，而西洋人不管做什麼的，從小都要讀過，西洋假如沒有基督教做爲他們道統上的傳遞，光靠著發展科學，是不可能支撐到今日的。我們讀經書的心情，也是好像面對親人講話，是我們祖父的祖父忽然來到眼前，見著了他的人，就是見著了歷史的絕對信實，也是見著了生於這歷史裡的民族情操。那使我們對自己身世的來源感激，生出莫名的志氣，要做一件轟轟烈烈的大事，爲報答我的前生，也爲今生的種種這樣叫我意氣難平。經書像是黃淮平源上遼闊無涯的黃土，我們唯有如祖先一樣，生於斯長於斯，深深的紮根下去，燦爛的開出花果。廢讀經書以來，我們是斷了民族記憶和情操的涵養，變成無根的一年生草木，眼看才長起來便即刻又萎死了。現在大家跟隨爺爺重新往下扎根，對著書上的一字一句，都是柔順和喜悅。窗外蟬聲喧譁，碧澄的天空掩映在爬牆虎濃密的綠葉中，是我心頭迢迢的遠思，爲了什麼的什麼，我也不知道，要長嘯一聲，凌空飛去了罷。

講起辦三三大學，校址設在那裡，幾人異口同聲都說，江浙一帶，天心主張杭州，上課可以在小船裡，湖面上盪來盪去，盪到荷花深處採蓮蓬。呀，採蓮南塘秋，蓮花過人頭，低頭弄蓮子，蓮子清如水，置蓮懷袖中，蓮心徹底紅，天心如蓮心，頭紮兩根沖天辮，眉眼入畫，不是蓮葉蓮花剪出來的楊柳青小人兒？小人兒盪呀盪到了小橋西，西邊樓高望不見，盡日闌干頭。闌干十二曲，垂手明如玉，捲簾天自高，海水搖空綠，海水夢悠悠，君愁我亦愁，南風知我意，吹夢到西洲……我們在爺爺的客廳裡大聲吟誦，爺爺指著「垂手明如玉」一句說：「這是寫的天文小姐哩。」

將來我們三三大學辦起來了，要聘請怎樣的老師呢？眼前教過我的就有幾位，何老師，王老師，張老師。而遇見了爺爺，是我們今世的仙緣。仙緣如花，時人對此一枝，如夢相似呵。

我和天心在院子裡摘玉蘭花，爺爺打完拳，走來跟我們講話。談到易卜生的《傀儡家庭》，爺爺說文章提出問題，有的是對問題做了解決的答案，像劇終娜拉的出走，是覺悟到自己是一個獨立的人格，並不屬於任何其他人。但另有一種是沒有答案的，或者說問題的本身即是答案，像賈寶玉和林黛玉的情，相知相悅而不能偕老，應是天地間最大的憾恨，可是我們也無法想像寶玉因為黛玉的緣故，而與薛寶釵史湘雲晴雯襲人等斷絕了，那末這個問題要如何來解決呢？這不是可以解決了的，它唯有就是如此的，也只可以如此的，是青空白日下，大觀園裡不盡的歲月和渺遠的人世。我想起了張愛玲來，這樣一位聰明的絕代佳人，而她現在一人住在美國那樣的社會裡，不會委屈麼？她如果能搬來和我們一塊住著多好呢。我們都是眞正敬重喜歡她，相信她見了我們也不會嫌我們俗氣的。我因此更要覺得自己的幸運了，此刻和妹妹站在玉蘭樹下聽爺爺的說話，空氣中有甜甜的花香，爺爺說完問我們有什麼感想，天心只管拿我做擋箭牌，笑吟吟的盯住人家不放，但我也就只會笑啊，又有幾分不能分辨這當兒的一切都是眞的嗎？

何老師是我國中三年的國文老師，那三年眞是一段數不清的酸酸楚楚，甜甜蜜蜜，像是從小時候的笨頭笨腦一下子聰明了起來，每天有那麼多理不完的小情小緒，好幾次想著自己已經死掉了罷，等不知怎麼又回來時，竟比誰都更覺得人生充滿了希望。我適逢九年義務教育實施的第一年，也正是內湖國中第一屆，什麼都還在草創之中，亂糟糟的，興頭頭的，媽媽戲稱我們這一批是「革命烈士」——成者為王，敗者為寇。加上那時的聯考壓力還沒有今天這樣厲害，多少猶存師徒制的古風，我更是因為何老師，平常日子也過得隨時都會和這世界決絕了似的，每一寸光陰如金。當時那種患得患失的激烈法兒，也眞是糊塗可笑，如今想來卻是對我最好的啓蒙教育呢。何老師是教了我一個孺慕的「慕」字。

小學生往往把老師看得比天還大，老師的一句話要勝過父母的好幾倍，啓蒙教育便是要以這樣的情操做起點，在於教育他感得世上有一件眞正的東西，是絕對尊貴不可輕慢的，他若能夠感覺有這件東西的存在，他的人本身也就是尊貴的了。像我們自許是神的兒女，與塵世中人有別，便因我們除了物質的色身之外，還有與神同質同靈的空身。佛教也說「人身難得」，中國沒有宗教，即因教育的本質就是修行的，要修得貴重的人子之身。然而我看現在的小學生差不多都沒有這種感激之心了，電視的視聽教育更加助長其勢。本來學生跟老師就不止於授業解惑，卻是從老師的一動眉眼，一舉手足之間感得了學問的實在和生動，視聽教育先就隔斷了師生的氣息相通，整個只是落於資料的提供而已。西洋的授業解惑在學校，傳道歸於教會，他們的學校教育缺少教化的「化」字，民間敬重的倒是教會裡的神父牧師，所以「尊師重道」在我們歷史文化中有這樣重大的份量，可惜連這可珍重的情操，到了物量充斥的今日，也全都埋沒了。

爺爺說人生有兩次影響最大的教育，一是啓蒙，一是戀愛。對於何老師，我似乎把兩者混而爲一了，但其實也不是戀愛，若要說明白也就只有是一個慕字罷。慕，是不是人對自己這一生的存在忽然敏感驚覺到了，因此生出的喜悅和淒涼，從而對自己前世的一種懷思，和對來世的一種大的嚮往。這是不是可通於中國民間對於隋唐演義和三國演義裡英雄豪傑的嚮往，又是不是可通於「文王望道而未之見」的望，一旦將之付諸行動，就是湯武革命而全民風從呢。

而我今天，是慕爺爺，慕　國父孫中山先生啊。讀　國父自撰的《倫敦蒙難記》，眞是一篇絕好的文章，我也像看完了《赤地之戀》，要爲劉荃，黃絹，爲張愛玲，大大的立下志氣，把世上一切不平掃蕩。單爲了張愛玲喜歡上海天光裡的電車叮鈴鈴的開過去，我也要繼承　國父未完成的革命志願，打出中國新的江山來。因爲她就是傾國傾城佳人難再得。

第三卷

天地情兮

我夢海棠

曾祖父是傳道人。

我總想他留一把銀白長鬍子，騎著匹騾子，騾子前繫有鈴噹，叮叮叮走遍黃河南北，那望不盡的高粱大麥田呵。

他是沒有父母兄弟的，一個人來到世上，又一個人回到天家。好像老子那樣，西出玉關，大漠黃沙孤煙直，就仍然還是漢家的日月。走呀走呀，就走到了天上。又好像張愛玲的乾乾淨淨，單爲下凡來寫文章，留下了文章如三生石上的仙女鞋，任世人如何的懷想悵惘，她也只是清潔得若天地不仁。

祖父開牧場，小縣城的牛奶全靠他一家供應。他是有家業的人，是基督徒，又是道道地地的中國人。那時正值五四的風潮絢爛，祖父每日照管牧場，晨起打發送牛奶，見朝陽底下那一片瀰河沙灘，他也感知了一個時代的波潮湧襲。基督的智慧在他身上於是變成平明與活潑，於傳統的本色中更有了新鮮感。今人基督徒都沒有能及得上他的。

兩個伯伯，八個姑姑、都是信仰基督。他們生長在五四、北伐的風景裏，極其壯闊，卻因此不為教會接納。好像我今天的基督徒，與團契教會完全不投機，更有人詫訝道：「啊？你是基督徒？」如此我便十分得意。而我寧可做一個世俗熱鬧的人，也不做聖女。

父親最小，排行第十一，跟大伯父相差二十二歲。前面八個姊姊，所以父親成了賈寶玉。從小在女兒圈裏混大，女紅極行，我高中時候家事課繡花，人粗手笨，還是父親來教好的。母親的手工則完全不行，比我們孩子更糟糕。母親的手是用來打網球，炒十幾人份的大鍋菜——要用豬槽那樣的容積來裝。有一回的作文題目叫「推動搖籃的手」，我看了笑起來，難怪我做事這樣的笨。

父親從小就小氣。姊姊們分了東西，父親可以攢好幾天，一天摸出來吃一點，小的吃到大的，酸的吃到甜的，越吃越有希望，覺得人生實在值得歌頌。但是有幾次也應了算命先生說的：今個攢，明個攢，攢兩個錢，買把傘，一陣大風吹來了，抱根空傘桿。這段話每次聽了都要笑，因為它的節奏，全然不是一回事。

又父親從小喜歡吹牛，常常戳穿，惹得姑姑們笑，所以有本領寫小說。小學生時候去野外郊遊，青青的草原，藍藍的天圓，瞧，遠遠飛來一架雙翼機。孩子們高興得叫呀蹦呀，飛機竟然飛去又轉回，空中盤旋了一圈當做答禮之後才離去。父親回家轉播實況，末了加上一段，於是飛機停下來，駕駛員走出機門，跟我們一個一個人握手。大伯父聽了要作大新聞登到報上。我也是幼稚園就知道拿北平故宮太和殿的照片，跟伙伴吹說這是外公家的大門口。

仙枝曾說小孩子說假話是為了更能說出眞意來。通常寫小說的人都是喜歡吹牛誇大，把假的東西寫得如見其人，如聞其聲；寫散文的則是將眞人眞事寫得如夢似假。兩者都是說謊，像莊子。而歷史上最眞最眞的事原來都是謊話。女子也愛說謊話。

八姑和父親年齡最近，兩人時時一淘玩耍。八姑成天裡迷迷糊糊的，而且又邋遢。早晨起來在池邊刷牙，見竹葉一片片蔥綠薄小的，叫：「不對啊——五月五就到了，粽葉怎麼還這麼小呢？」五姑的生日比七姑晚，八姑也說這是不對的，否則姊姊豈不比妹妹晚生了？

六姑則非常清明潔淨，後來嫁到南京，父親南京唸書時便住的她家，一起喜愛劉瓊的電影，張愛玲的《傳奇》，一起踏著秋風從市場上回家。兩人固然是親姊弟，但父親總因寄人籬下，處處謹愼守分，有時不免矜持生澀起來。我可以想見他倆頂著秋風走在青石板路上，怎麼就是沒有話說呢？唯是斜陽遲遲的照在路面，映得六姑的臉成了金色，父親對她的慕竟是不能說出。她也想著世上有這樣一個弟弟，這樣安靜的走在她身邊。

二伯父生得很俊，拉小提琴，畫油畫，留歐羅巴古頭，嘴巴又甜，最是討長輩歡欣的安琪兒。可是他反過身來，就嘲笑自己：「玩票嘛。」他一生都在遊戲人間，幸得是生在中國，因此他的輕佻和反諷就有了素樸的底子。他仍是五四時代的好男兒。

大伯父也喜歡編故事，說大話。講黃鼠狼作怪，把核桃兩瓣殼套進後蹄上當高跟鞋，走在地板上咔咔響。抗戰期間組織了游擊隊，說是子彈射中各部位的反應都有不同，譬如打到肝臟，中彈者會登時驚彈而起，磔磔狂笑不止，很是恐怖。大伯父還會將鮑牧師的機車偷牽到灡河沙灘，加速馬力，沿河灘劃起S形，弄得臉紅汗流回家，挨祖父罵。往後在縣城裏辦獨家報紙，幹得有聲有色，成日也只見他遊手好閒，混在姪甥輩裡胡蓋亂攪和。父親小時頂愛跟去報社玩，報社後鄰便是戲園子，經常唱平劇，每每嗑了一地瓜子、花生殼，一耗一個長長的下午和晚上。

大伯母與大伯父相識於北伐途中，隨軍隊一路打到北方，兩人便留在山東老家成婚了。大伯母有個很美的名字，于馥麗。不但花氣襲人，而且明艷照人，果眞是北伐革命的女子了。她十分的蠻橫四海，一點不聽大人的話，卻深爲大伯父寵愛，兩人經常公開嘻嘻鬧鬧。軍旅途中住在百姓家，仲夏晚上，庭院裏乘涼聊天的夥伴們一個個避開去，二姑四姑繞了半天路回來，見簷前燈影下的他們還在嘻鬧不休，只好轉身再去逛逛。結婚後在家裏，于馥麗一次一掌打了伯父好個結實的嘴巴子，外頭人家聽見都愣住了，這下還得了！誰知廂房內卻出奇的安靜。吃夜飯時兩個仍然好好的出來，伯父左腮上仍有一塊紅手印。

姑姑伯父們全是戀愛結婚，祖父亦不加管，反正「兒孫自有兒孫福」。四姑的結婚典禮便是姑丈大老遠走來，撐一把洋傘算做迎新娘。春陽遍地暖暖的，柳絮漫天飛著，傘底下，四姑不過一身家常打扮，臉罩在傘影裏，疑嗔疑喜，看了眞叫人不知如何是好。她的一生這時候是最華麗的了。

那個世代眞有那個世代的新鮮，即使錯誤，也是美麗的。而我心上的戀愛，就正是要這樣跟萬民生在一起，浩浩蕩蕩的走過大江南北。

我四周的一切好像都是沒有名份的，父親母親做的不像父親母親，我們做子女的也不像子女，即與人家戀愛也不是一回事，倒是像海邊玩沙的一群孩子，玩玩忘記其所以，太陽、月亮、星星統統落到浪濤裡了。

而我自會了拜神和祈禱，又可以不爲基督教徒，單單是天底下的一個人，素淨到什麼都不沾身。是「一枝畦畔花，太陽底下無名目」，這樣的柔弱，這樣的剛強。

最近還看了一部好書，《北京最寒冷的冬天》。我喜歡北京，凡是北京的一切，最壞的都成了最好的。在那裡即使是一株小草，也有著這樣大的背景襯托。北京是「話說隋末唐初之時，一個轟轟橙橙的時代」。尋常巷裡陌上行走的市井小民，你也要感到他的臉上映著歷史的橙色的光，躍滅不定的光影，是一代天下大事正在他的身邊燃燒。任何故事一擺在北京城裡，它就不再是私情的了，而是歷史家國的。國片新上演的一部叫《日落紫禁城》。今天的北京果然只剩下了一堆餘燼，鮮紅欲滴的落日在平原的盡頭，一縷縷白煙嫋嫋升起，當中有譙樓，有城牆，有模糊的人影。然而只因爲是北京，這餘燼還會重新燃起，橙紅紅的光直濺到天涯海角。

書中的賈向東，那麼漂亮而聰明，以至心疼當他是我的二伯父，簡直是氣竭的這樣關心著他的生死來去。而他到底還是死了，不明不白的在西伯利亞冰雪茫茫的邊境上。我心頭不知什麼味道，到窗口站了站，吹著涼風。

生死一劫，眞的是要把你的本命給逼現出來，這時候稍稍一些不是誠心正意，便是爲著崇高的愛情，或是革命理想，即刻也要被一劍殺了去。賈向東的漂亮聰明和浪漫這時對他都成了浮氣，所以終究難逃一劫。要最樸素，最樸素的人，甚至到了有土壤的泥氣，才能與生死大劫化在一塊，而避了過去。賈向東原來早早就該死的了。

五月的風吹得月亮疾疾行走。我這樣想著，忽然覺得害怕，難爲古人說的「如臨深淵，如履薄冰」。人子之身不易修得，一時一刻怎麼能不情高意眞，稍有誇浮，就要落入俗氣裡了。而歷史的一劍砍下來，又有幾人還能倖存呢？

蕭大勇則是一個泥土氣的人。他誠心的信仰著他的主義，但是又有這麼大的懷疑；他想或是自己信仰不夠堅定，總是自己哪裡錯了。他是「善心誠實男」。他跟齊燕的愛情生澀到也不像愛情。

對於陳若曦的尹縣長臨刑前的高呼，爺爺說，眞是使人震動，使人深思，若是看做譏諷或呼冤，就是讀者的淺薄了。他是有一個時代的大疑，想要抓住它。這個大疑誰能來解答呢？不是共產黨，不是西方文明，也不是今天美國化了的中國；而是那餘燼裡不滅的火星星，是秋海棠葉的舊精魂。蕭大勇最後將火箭筒轉了回來，對準吉普車發射，他到此向自己有了一個肯定。但是他的肯定與尹縣長的大疑其實是一樣的，我們今日還要全民族的肯定才算是。

任長風一群人的造反已經不再只是武力暴動，而是有著思想與主義爲背景，且不管他思想的程度如何，單這就已令人振奮。何況其中有諸葛亮認爲這次造反必不成功，因爲「槍桿子出政權」，而他們沒有槍桿子。但是他們爲什麼又要有組織的公然造反呢？那是爲了「教育人民，教育更多的青年，使大家都知道我們承受痛苦的眞正原因，使大家了解鬥爭的目標與方向。」我看到這裏不禁眼淚都落下來。那眞的是〈出師表〉中的不得已，不得不爲。

然而還有能夠不靠槍桿子一樣出得了政權的。是　國父說革命的「四方風動」。

齊燕參加內蒙古生產建設兵團，蕭大勇去北京車站歡送。站前廣場擠滿了送行的人，鑼鼓聲動，喧騰得沸沸揚揚。青年隊伍來了，嶄新的軍服，踏著整齊的步伐。齊燕頭髮剪短了，厚棉軍帽下的臉，有些清瘦。她的腰桿挺得直直的，和同伴一樣，揹著背囊，胸前佩一朵紅色大紙花，在颼颼的晨風裡招呀招呀。我讀著好是心痛。革命的風該是那樣，吹在艷艷的花朵上，吹在年輕的臉上。齊燕那般青年與我一樣的少年志氣，可是他們還不得抽芽成葉，就早給斲傷了。

後來蕭大勇去蒙古看她。齊燕肩揹長槍，端坐在馬背上，任頭髮吹得一草原都是。這樣的雄姿英發，但是也沒有了下文。像一篇很好的文章開頭，卻擱了筆，風雨塵埃漸漸的湮迷了紙箋上的字。然而我是那個江南遊春的才子，誤入草堂深處，拂去多少的塵煙而揮筆直書。書這個民族山澗路頭的漁樵閒話，書天上的日月照在北京的城闕上。中華民族是一篇天下文章，前人縱然已成絕響，我們今天卻也要更好過他們。何況是那一岸還有任長風、諸葛亮、蕭大勇和齊燕這樣的青年人。

三三的朋友們好像生在一個沒有時間、沒有空間的風景裡。父母亦不是父母，姊妹亦不是姊妹，夫妻更不是夫妻。我們坐在燈下聊天，一張張臉似開滿了的曇花。我望著望著，不知怎麼對未來便生起一種惆悵和茫然。牆上的十字架，耶穌垂首靜靜的看著這個世界。

婚姻家庭生活是世間最當然的。而且也沒有比中國的婚姻更樸素、更現世的了。可是，我們要做的事太大，大到無法名目出來，甚至要如孔子那樣一生流離顛沛了，也終究正不出名。

仙枝說：「我這一生得了中華民國是我的知心人，也就夠了。我是和千萬年代千萬人戀愛。」啊，她的淺淺寬寬的雙眼皮，她的容長正大的觀音臉。她的笑，她的人。因爲她，因爲三三的每一個人，我此生此世也是不結婚了。即使結婚，亦如王津平，在茵綠的瀛苑草坪上，大家擊節而歌而舞，一幅貼著大紅囍字的風箏，飛在天上。或是撐一把洋傘，走過春天。結了婚也是沒有結婚的。

「曾經滄海難為水，除卻巫山不是雲」，我是只向中華民族的江山華年私語。他才是我千古懷想不盡的戀人。

鵲橋仙

人長得好看，到大學來，更是以爲每個男孩對自己有意思。跟自個兒訂了不少原則，只准和女同學看電影，團體郊遊可以，單獨約會不可以，這個那個一大堆，原來都是沾沾自喜。所以才開學，就跟海東青逛淡水鎭，龍山寺吃茶，興盡到夜晚回住處。那天下著細雨，登窄窄的樓梯上來，忽然想到衣物曬在陽臺沒收，趕緊收下，已經濕了半邊。他問了幾次有沒有關係，當然他不是眞的關心，我其實也不在意。

那時節初秋，蓋著新製的被子睡，夜眞是軟涼。

後來去他宿舍，叫動物園，租的是農家四合院子，顧客都是學生，每人有一個動物綽號。追問他的綽號是什麼，扯了半天，才說叫蟑螂，難怪不肯說。可是——那是昆蟲呀？我們家把練瑜伽術的稱蟑螂命，很經死的緣故，看他那樣瘦，大概是眞的。

他宿舍之大，令人不禁要問問他開支如何，我水源街住處才一旋身的大小，已經要一學期一千五百塊，原來他竟是常常一個饅頭吃三餐的。那牆角又堆了數打可口可樂跟啤酒，是他朋友很多。這樣的危險過日子，怎麼能夠？他的屋子是客廳，也是臥室、廚房和畫室，偌大的房屋，不知拿來隔間，過生活無心到這種地步。一面牆壁掛了幅黑白攝影，空白的天空，和一棵枯凋的大樹，樹枝根根伸向天際，看了令人動魄，洪鸞世界的荒荒然。他說在紅毛城照的。那邊我去過，淡水河口一片漁船，紅毛城的荷蘭人建築顯得頗凸出，可是也不曾見過這樣一種風景，才曉得畫家所見的世界跟我們不同，他心中自有一番條理的。

我喜歡去動物園，是他的畫冊圖片多得要命，每次都看不完。有一張長城圖片，單照一段城道，人在上面走，穿著汗衫，一個男人拿著半束劍蘭，提個籃子，看著像去掃墓，時節卻不大對。一般照長城，多是遠距離拍攝，意在配合山勢，非常磅礴，然而到底是始皇的遺跡，與我無干，如今將人加進長城來特寫，才是現世生活的親切。另外一張不知紐約還是芝加哥的夜景，像一碗七彩的冰糖碎子，咬在嘴裡透涼，而且還嗤嗤喳喳的響。

他不時也來水源街，但我房間太小，他人又生得長大，只好把房間打開，將椅子佔著走廊的一點空間坐，結果還是一屋子他的兩隻長腿。我挨著牀沿，規規矩矩的坐著，動動就碰到他鞋子，愈發覺得蟑螂的頭角崢嶸。

但凡我對人家有意思了，總先來問問血型。B型是中國、義大利和法國。A型是日本和英國，美國看似B型，實在是A型。O型是德國，AB型則是俄國。他居然是AB型，沒戲唱了。

國慶日放假，沒有回台北，在小屋裡用功，看自己能有一間房間，不知多充實。他來找我聊天，說後山景致很好，兩人就一起逛山去。出門才發現他淋著細雨來的，我又懶得上樓取傘，浪漫一番也好呢。

路上是開不盡的野花野草，隨手拔來隨手扔去。一種菊色小花，家中叫爛鼻子花，小時候媽媽嚴禁採它，會爛鼻子的，長大了見到這花，想都不曾想碰它，他竟去採來給我，眞是叫人驚異。溪裡長著水芹，他說台灣只有淡水出產，水芹非要生在活水中，不扎根，玉白的根飄在水下，葉子綠晶晶的。去人家芭樂園裡，已經收成過了，剩枝頭幾個青綠的摘來吃吃，一口一口的很澀。雨忽然大起來，兩人躲到一棵樹下，漫天漫山的風雨夾著落葉，落到他身上，也到我頭上。他說馬來西亞的叢林，落葉好幾尺深，下面積成了水，可以摸到魚。從樹林望穿出去，兩隻白鷺乘著風雨滑翔至稻田裡。他橘紅色夾克在風裡頭吹得好鼓，臉頰上有一個淺淺的酒窩。歲月實在靜好，無限得很，我們也只是惜之不盡。

那天中午趕上了自助餐，湯正好是水芹做的，一鍋濃綠濃綠。

第二天看報紙，台北市竟然大晴天，整版全是報導國慶盛典。我忽覺惘然，彷復昨天在仙境，今天謫到人間來，而天上人間是這樣的沒有界限。往後再領家人遊後山，花卻不是那時候的花，樹也不是那時候的樹，他們說，瞧你信上怎麼誇張的？連我也都懷疑那天。

到了學期中，漸漸忙起來，彼此陰錯陽差的很久沒有碰面。我去動物園兩次，沒遇著，隔著紗窗張望，一片黝黑，見我送他的玻璃製的風鈴，掛在窗口，使勁的吹一口氣，風鈴碎碎的叮叮叮響起來，也算打過招呼。

後來再見他，已過一個學期，《大寂之劍》座談會上，文社好朋友總算又聚全了，散會後便呼嘯至動物園喝羊奶。他這時有一個女朋友，大家叫她小芙，皮膚很白，白到透明，留直髮，眼晴黑沉沉的，鼻子是阿波羅的挺和高，沒有女兒氣。我一下就喜歡上她，可是偏要來與她比。她笑起來哈哈的，笑紋特別深，坐在地板上盤著腿，替大家塗契司，倒羊奶。他把杯子遞過去，還沒有說一句話，她便倒滿了一杯傳回來，房子裡只覺他都是她的人。但是他的AB型，使我更在比鬥之上哩。小芙是B型。

前兩天，跟天心去得恩堂配隱形眼鏡，出來沿羅斯福路逛，到雙葉買書。我身上沒口袋，錢放她那邊，一路吃喝是她掏錢付。逛到百貨行，一定要為我選副耳環，這挑那挑都不中意，很抱歉似的，其實我本來就沒有要的意思，看著她覺得很好玩，好像是男朋友。買牛角糖，她一口氣要一袋，十五塊錢，我說一袋兩人吃還不夠嗎，「難得出來逛，要吃就吃個過癮。」到底我是在外面住宿了一年多，學會精打細算，夏天經常一頓自助餐只花五塊錢，現在居然零食十五塊，怎麼可以。這更成了一對小夫妻，妻子疼惜丈夫賺來的錢，丈夫只覺一個一個錢花來叮噹響。

羅斯福路的紅磚路，路邊賣水煮花生的，攤子上蒸騰著熱氣，槭樹落葉深黃，晴空悠長，秋天在這兒才是秋天，他的紅夾克和酒窩，該是這裡的。

建築系讀五年，聽說他畢業就要出國。暑假回來，碰到小利，問他海東青出國了嗎。他說海東青暑假才在南部結婚，現在仍住淡水，就在山腳下租房子，小芙已有七個月身孕，當下聽著眞是呆掉了。小利也好玩，以為我是被道德觀念拘束，一直強調著：這是當然的呀。

爺爺講過一個故事，說張騫通西域，溯黃河直上，走到盡頭，見一女子在浣紗，問她此地何處，那女子也不回答，拾起一塊浣紗石給他，要他回去，問過某老人即可明白。原來張騫已經到了銀河，那浣紗女乃是天上的織女呀。如今才想起國慶日後山，我其實已來在銀河，只是不覺，而那不覺也正是無比的好。我的震驚也是如張騫罷。

以後每次下山看電影，路過就去他們家。兩人過日子像在扮家家酒，小鍋小灶，缺椅缺桌的，連雙人牀都是自己搭的。

我問小芙結婚的感想，她笑笑說：「他還是浪子。」

一回我興致很好，借了寢室同學的口紅當胭脂，細心塗抹好了，即跑去他們家，藉口要幾張淡水的照片，做系刊插圖。海東青正在看《三國演義》，地圖攤得一桌。他跟小芙笑說：「你看她今天兩頰紅紅的，很好看。」我趕快搭腔，說冬天裡跑步就會成這樣。底片是小芙找才找出來的，我覺得心虛，趕快告辭了。想到此番的來，必然是驚艷，心中仍舊高興。

我那風鈴，現在掛在他家的門口，出出入入碰到它，總要叮叮叮的響呢。

長亭更短亭

應用英文禮拜六考完，畢業考試就算全部結束了。

我半個人伏在桌上考試，半個人非常清醒的到處浮遊，隨王老師走來走去，又要起了捉狹之心。這不是很好玩的事嗎，王老師根根本本不是教商業英文的人，我更不是學這門科目的材料，可是我們都正正經經，一個扮起老師，一個扮起學生了呢。外文系包括了台大的教授，沒有一個教文學的是在教文學，王老師教商業英文，卻處處是文學，瞧他偏偏選了一門這樣市儈的課程來教，就可見有多頑皮。他把西洋的東西講得這麼新鮮活潑，往往講完了一段，卻又歉意的笑說：「其實他們這樣是不對的，大家聽聽就好，不要管它。」

西洋文學本來就是使人緊張，再給我們的學院派一教，簡直被它窒息了，王老師有意對之反逆，寧可從學術之外入門，那裡才有充足的風水和陽光。我也不是上課，倒眞是來聽老師說話玩兒，他更是講講便離了主題出去，常常冒出來奇語驚人，連他自己都感到驚喜，那唇角和眉梢微微一蹙動，好像自問道：「這是我說的麼？當眞是我說的麼？」過後他想再重複一遍，或者我要轉說給朋友聽，竟然都不能有當時的彩頭了。

考試題目寫兩封信，發信人一封是某金屬行老闆，一封是魏爾遜製造業的經理，我這豈不在做戲哩，也就裝模作樣寫好了它。心裡可是想著等會兒和王老師一塊坐校車回台北，大概是我們最後一次同車了，無由想到一句「有女同車」，張愛玲寫過這麼一篇短文，結語說電車上的女人使她悲愴，《詩經》裏的卻是有女同車，顏如舜華，將翺將翔，佩玉瓊琚，不知我可有《詩經》時代的女子那麼美得壯闊。

考完出來，大家站在樓梯口和老師話別，雖已是五月末了，天仍有些涼涼的，陣雨剛過，網球場水泥地汪著幾攤水，乾的地方特別有一種爽淨，一班女生上體育課，白色襯衫長褲和布鞋，覺得都是雨後天空和樹木的顏色。王老師講了一會兒話，轉頭和我抱歉道：「今天騎摩托車來的，因爲考試，校車時間不準。」我聽了竟有些悵然。凡凡一旁卻說她要去台北看病，剛好可以作伴，我才緊張的問她生了什麼病，江雅琦便拉著我們去搭她的便車。這倒也妙，王老師可以跟我們車並車的一起開，說不定還能從車窗牽一條繩子出去，和摩托車繫在一塊兒，那才成了並蒂連理車呢。

我坐前面，凡凡、黃悅紗和蔣晉莊在後面，一路駛下山去，摩托車如影隨形的跟著，我們在車裡頭大呼小叫，開心極了。轉出英專路，老師招呼一聲就領先去了，我們碰巧被輛指南2路擋住，試過幾次超車都不成，眼看著老師的背影，遠遠的始終和我們保持著距離，恨得江雅琦直罵。我很喜歡看雅琦詛咒人的樣子，她平常說話因爲太字正腔圓了，總顯得是在咬牙切齒，特有股狠勁兒，偏她又生成一張甜甜的胖圓臉，發恨的時候還是擋不住滿眼的笑意，似嗔非嗔，倒眞願意惹她來罵我兩聲。她兩手扶在方向盤上，戴著手套，腕上閃晶晶的六七串銀細鐲子，齊肩長髮，兩鬢編做一綹麻花，順著腮幫垂下，有幾分印第安女孩的野味兒，翡翠綠AB褲，同色薄綢襯衫紮進腰裏，腰側斜斜繫條綠白花相間三角巾，腳閒閒的踏在油門上，一雙銀邊玻璃涼鞋。眞是活脫脫一位富家千金，我看了也愛，不禁讚道：「你這手鐲眞好看。」遇紅燈時，她騰出手來要褪下鐲子給我瞧個仔細，一時竟褪不下來，瞬刻間我恍惚覺得什麼時候也有過同樣的一幕，此物此景，熟悉得不得了，竟像是在時光隧道裡忽然瞥見了我的前生後世。

觀音山橫臥眼前，一場雨過風煙俱盡，山上的樹草和闢出的田地歷歷分明，山下八里鎭也像工筆勾勒出來，一支支電視天線插在屋瓦上，清晰得似乎都能感覺到瓦上的苔蘚，叫雨水浸得陰潤潤的。淡水河一片灰白色，河這岸沙洲上零零落落圈著籬笆，沒有太陽光，可是天色很亮，一種涼涼澀澀的亮，好像從沙顆裡面搓洗出來的。沿路種著尤加利，也許是防蟲子腐蝕，半截樹幹都塗了白漆，綿延得很長，枝幹和葉片也淹得通體潤澤，成了一行遠遠長長的深邃。王老師騎著車子，在樹影間若隱若現，這又何嘗不是壩橋相送，送了一程又一程。是五月，卻是這樣的天氣，令人想起清如水明如鏡的秋天，沙洲上有沒有落雁呢？這我才猛地醒悟，原來剛才褪鐲子一幕，是寫在《紅樓夢》裡，賈寶玉和薛寶釵的一段，可不是那獃雁早就忒兒一聲飛掉了，我又在這裡多愁多癡些什麼，總是著跡了。倒不如平沙日色，本來沒有故事，只是河水遲遲的流過。

彎出關渡，路兩邊望到天際的秧苗田，細細蜜蜜的濕綠，湮得人心頭一陣朦朧。我轉臉和凡凡說，前幾天和妹妹在晴光買了三塊料子，九尺一百塊很便宜的，送她一條，明天和我們一起去做好不好。她只管笑吟吟的也不說話，車窗關不住外面遍山野的綠意，映得右靨隱隱一層薄光，非常柔豔。黃悅紗坐她旁邊，名字這樣好聽，蔣晉莊和雅琦是姊妹花兒，出雙入對，連裝扮都相似。噯，我們這一票，正是二十世紀，民國的「儷人行」呢！車開到重慶北路和士林交叉口，因爲修路工程阻塞了，我們一輛小轎車被圍在幾部大車之間，雅琦開車本就有些心狠手辣，這時候又試圖要截竄出去，迎面大卡車上的工人，便連喝帶罵又吹起口哨，雅琦定定的飛了他們一眼，那股潑蠻勁兒，都濺了我一身。

像她那樣世俗的富貴榮華和世俗的漂亮，也實在令人愛羨。那天謝師宴完了去她家，一盤水晶仿製的雕花圓盆盛著各色水果，經她洗過切過佈置過，擺在桌中央盈潔透亮的，她卸了裝，隨意挽個髻，一襲麻紗料子的三毛式寬袍，斜斜的倚著桌沿坐，好像畫裡的人，而那說話神氣又分明是現代的，感覺上眞是刺激。我一口氣吃掉了半盤東西，只爲都是她親手調製出來，一口一口吃的竟是這屋裡一片閃爍的風光。王老師坐她旁邊，有些疲倦之色，我看在眼裡心痛痛的卻有意撇了不管，因爲今晚的宴席華麗到極點，我大概玩瘋了，只願一輩子永遠這樣下去，不准誰還疲倦了。同學們陸陸續續的散去，我也陪著一旁送客，送了幾番自己感到臉皮逐漸加厚中，可是仍然賴著不肯走，心底只盼主人能說出一句留宿的話，哪怕是客套，我也賴定不走的了。後來還是王老師說：「該走了罷……」聽得人心一驚，唉，去則去矣，你又何必把它明說了呢。當下我竟對他不滿起來，帶著點負氣的告辭出來，雅琦一路送到馬路口，提議王老師的摩托車可以載我一段，但路口就有車子直接到家裏，老師便道了聲再見，轉身騎走了。我心中冷笑道，可見你不懂我的心事！

南京東路的霓虹燈照在柏油大道上，一忽兒暗一忽兒明，這時行人車輛都已寥落，寬平的馬路爽爽蕩蕩，泛著煙青的光。夜氣像帶有雨意的風撲面，一會兒便拂得人涼涼黏黏，站牌的銅柱貼在頰下冰冰的，好不寂寞。雅琦家叫白金大廈，高聳的一座公寓剪影在黛藍夜空下，我想起國中時候家事課鈎的一串項鍊，白金和金色小珠珠交織編成，那時就覺得英國是這種顏色，貴族式的高雅和冷漠，大概印象得自白金漢宮，迷戀得不得了，長大以後才知道白金漢宮完全不是想像中那樣，白色大理石屋宇鑲金邊。此刻想到英國，多麼遙遠的一個國家，我瞇起眼，望穿燈火璀璨的街頭，只覺心上恍惚，這一晚的繁華熱鬧也都很遠、很遠了似的。

昨晚爲要參加今天的謝師宴，姊妹幾個全湧到樓上來出主意，天心主張穿那件公園路買的露背裝，外罩同色短衫，並自告奮勇爲我盤貴妃頭。仙枝比較保守，稍有猶豫之色，我留心到了微覺不安，想若不得她的完全首肯，這衣服穿來也沒多大意思了，便纏住她追問好是不好，她一邊抱歉的笑，一邊仔細的看了又看，溫順的笑說：「還是好。」淳琬最會穿著的也稱讚，穿下樓去給大家看，馬三哥說好，爸爸媽媽說好，曹老師說像巴黎來的，忽然又有誰說起來：「這給鄉土派看見，不是要被封做資產階級了。」眾人啞然失笑，就這題目說笑了一番，光是這場選衣裳的風景，就在衣服之外平添了多少人意情致，才眞是衣與人親，我穿在身上也才高興。我們每個星期天去做禮拜，十幾個人一坐就是整排，聖詩唱完了便開始打盹，一排人盹得頭低低的垂在胸前，好像電線上棲止的一串麻雀，非常惹眼。要不，就是拿週報的留白處傳紙條，計劃著禮拜完了，去吃乾麵豬蹄麵還是徐州餸，或是遠東公司又打折了，凱蒂樓下的鞋店大減價。做禮拜的那天總是天氣乾淨，出了實踐堂楓樹葉子一吹，風刷得人好明爽，大家彼此打趣起來，誰誰邱吉爾得最厲害，「邱吉爾」又名之爲教堂病——Churchill——教堂病者，瞌睡也。踏著紅磚路走在中午的陽光和風裡，四周穿梭來去的車窗人影，一片熙攘，沒話講的時候，互相望望，也會無緣無故的笑起來，「你笑什麼？」「沒有哇……」然後又是一陣笑嘻嘻的。日子眞是從這些沒有事情的地方，一寸寸生長出來的啊。

下午梳洗好了，仙枝送我出門搭車，一路只管笑著上上下下的打量，弄得我倒幾分不好意思，話就特別多起來，看到人家牆頭覆著的九重葛，說：「那，九重葛。茄紫的，紫紅的，橘色的，那紫紅的我喜歡。」看到夜來香，說：「那，夜來香。」看到茉莉花，說：「嘿，都是苞苞，今晚會開六七朵哩。」卻見她也沒讓我的話分散了注意去，反而看著我笑說：「還好我不是男生，不然定要跟馬三哥打起擂台來了。」我聽著臉熱熱的，扭頭佯看別的地方，轉彎處一畦小田，種著空心菜，七層塔，木芙蓉，月季花，還有一株櫻樹和桃樹，好幾隻白色小蝶繞著空心菜圃亂飛。走走仙枝又說：「衣服還是要跟人穿，我本來看這衣服不怎樣的，可是因爲你的人穿了它，這衣也好看了，當眞是從唐朝風景裡出來的。」我也說：「昨天看你不大同意的樣子，很不放心呢。」等車的時候，她笑了笑說：「今晚你一定是最美的。宴席上有王老師在，什麼就都不一樣了。」聽她這話，我心中感激，想著還是她知道我。

坐在車上，雖已是黃昏，夏令的關係，陽光仍是亮亮的筐得滿車廂，開動的當兒車風吹來，掀起頰上隱隱一抹胭脂香，整個人浸在夕陽裡，淚意像潮水一陣陣湧上心頭。對座的乘客、車掌小姐、身邊抱嬰兒的媽媽、盹著了的建中高二男孩，我都覺得有好多話要和他們說，外面的太陽光多好，你我都是中國風日裡的好兒女，中國不會老，我們也永遠年輕，永遠。

謝師宴設在香格里拉餐廳，九樓樓頂別建的一座廳房，三壁落地長窗，望出去眼底是半個城中區，沉澱在一片靄氣煙塵裏。才進得門來，苔苔阿汶幾個便一呼啦叫起來，跑到她們中間，彼此看著衣飾，又笑又打的亂鬧。我匆匆一瞄眼沒見到王老師，竟然惘惘若失，想著他可能眞不會來了，電話裡聽他忙得什麼似的，可是因著我今天來了，你也該來的呀。和同學在陽臺上照相，四際空曠無物，夕陽的金光染得大家一層微醺，男生都坐在廳裏，閑閑的抱著手臂聊天，也是滿室的霞光明迷。我有一腔子什麼簡直裝不下，滿滿的要投給誰人啊，扶著水泥欄干望下去，車輛和行人小如螞蟻，乾脆，乾脆就這樣跳樓算了，只怕這樣還不能死，變成了精衛鳥，日日銜石塡海，卻仍是塡也塡不完那千年的思，萬古的愁呵。忽然苔苔叫我：「王老師來了。」驚得人一呆，轉頭看去，不正是他！疾疾迎上前，走了兩步卻又慢慢下來，和同學再說笑一回才進屋子去。「老師來了。」一旦照面也只有這麼一句話。

王老師平常穿運動衫或記者裝，今天第一次看他穿西裝，可說是，是，怦然心動，叫人覺得他熟悉而又陌生，親近而又遙遠，像是無法捉摸，只顧牽得人心口楚楚的溫柔。我想著他送的一盞棉紙燈罩，就懸在馬三哥房裡，燈光透著紙色，淡淡的檸檬黃洒得一室，看書寫字時好比老師就在屋裡，一字一字映得眼中生輝。和馬三哥燈下聊天，我故意使壞心說：「那，這燈光。」見他只是笑，再說一遍：「你看呢這燈光。」自己也曉得演繹不下去了，隨即兩人大笑成一堆。

前幾天父親過生日，我上街買些吃的，順路彎去王老師家玩。講講話說到父親的生日，老師即刻將几上這只燈罩並一盒廣達香肉鬆，要我帶回去，肉鬆是別人送的，燈罩疊成一盤薄扁的圓形，剛剛才從北投買回來。我還在後悔說溜了嘴，害得老師破費，老師遲疑了一會兒，又說要送我一件東西。上兩次搭校車，老師就講過這話，是為慶賀大學畢業，我一直不敢奢望，沒想到竟是真的，當下心就卜卜的跳起來。拿來是一個小圓盒子，寶藍天鵝絨盒蓋，打開了，朱紅絨布底托出一枚拇指大小的翠玉白菜。老師說這玉原來大些的，做的時候有一邊碰掉了，菜根上有顆小孔，繫著紅色絲線，可以配上鍊子帶。我看那盒子和玉的色澤並非新製的，可見不是現買回來，一定是身邊舊存之物，便更加不敢妄想了。老師也看出我的猜疑來，笑說：「你別管這玉怎麼來的。」我搖頭說：「太貴重了，真是拿不起……」老師則說：「東西是小，只怕配不上你的人貴氣。」我聽著呆了呆，果真物品是小，他贈我的此番情誼，又豈是可以落在什麼名目上的呢，只交由天地去察鑒罷。

王老師曾經說，我教給他的遠比他給我的要多得太多太多，這話恐怕只有我懂得它的真情和份量。大學一年級到現在，四年以來，我親眼見他，怎麼摒棄了十年寒窗苦學所得的學問，再從一個小學生的心情重新學起。說來容易，這當中曲曲折折的艱難辛酸，想起來仍是令人落淚，我所知道的學校教授們，就沒有一人能夠如此的。這種叛逆的氣魄，可直接通於革命，憑著這點我便與之無間然，他也能和我們平起平坐同是儕輩，我對他的期望又豈止於這一份似真似假的師生之緣呢。總有一天，我相信總有一天，他會從「檻外」踏入「檻內」，不但與我們三三是同條生，也同條死。憑此翠玉，我要向天父說，但願死生契闊，與君永結無情契。

餐廳裡的燈燃起來了，馬蹄鐵型的餐桌，男生那一排，女生這一排，還是這麼中國式的——男女有別。費威廉一家三口，林老師，楊老師都來了，打橫佔著一排位子。王老師跟他們坐在一塊兒，雖然和我離得很遠，沒有功夫說話，可是我眞的安心，只要他在那裡就好，說不說話，看不看到，都沒有關係，眞眞應了仙枝的話，又好像古人說的「聖人作而萬物覩」，就爲了座上有王老師一人，這宴席裡的一切才意氣清揚了。

吃自助餐，捧著盤子排隊到前面選菜，我向來能吃，爲著今晚這樣的日子，更要大吃特吃，一瓢羹就撥走了半盤的牛舌頭，有個男生不滿的叫起來：「嘖嘖，之兇的！」怎麼，不服氣嗎，此時此景，我還要飲它幾杯呢，醉在這流流離離柳丁汁似的燈光下，沒有過去也沒有將來，有的就是席上每一張歡笑的臉，就是櫥隔間晶盈欲流的一瓶瓶洋酒罐，翠綠的，金黃的，橘橙的，櫻桃紅的，玫瑰紫的，就是落地長窗外黑沉沉的遠山遠天，天下一片燈海燦爛的城中區，正是

姑蘇臺上烏棲時，
吳王宮裡醉西施。
吳歌楚舞歡未畢，
青山欲銜半邊日，

銀箭金壺漏水多，
起看秋月墜江波。
東方漸高奈樂何！

後來和王老師坐在一起，老師第一句話就說他胃痛了幾天，今個兒大宴小宴也不知四五處，剛剛才從淡水開完會趕來，會議當中痛得人像要斷成兩截，說到這裡忽然婉轉一笑道：「到這來就好了。」我聽著心才落實下來，而又分外疼惜，想想自己未免太健康了，從來不知道什麼叫胃痛，如果能夠，眞要代替他痛幾次，而且我身體一直好，痛幾次也沒影響的。人家說胃病都是由心而起，我也聽得他所處環境的坎坷辛苦非比常人，記得一回來上課，他感冒很嚴重，還當笑料的告訴我們，昨夜喉嚨發燒，燒醒了，抓起桌上啃剩的半個蘋果就吃，才發現怎麼蘋果烏黑的，原來都給螞蟻爬得滿滿了。當時一聽眼淚就要滾下來，怎麼病成這個樣子！但是我又能爲他做些什麼呢，不過一份心腸而已，眞要表現出來也只是行於師生之禮，再沒有其他可以的了。

班上公開的幾對兒，大家都特爲他們敬酒致意，林秋懷穿著純白套裝，裁成旗袍式，桃紅盤扣，裙擺開叉的地方也綴著一朵，喝的是汽水，卻已醉了似的兩頰飛紅，她做新娘的那天也是這麼美嗎。我深深的敬上一杯，爲他們一對璧人，也爲所有的英四A同學，今夕何夕，但有此一宴，我們便已訂了它生之緣，來世還要再做同窗的。

金嗓子仙姑唱完了歌，大家又鬧著王老師也唱，唱的是〈望春風〉。那天情人谷夜營，我們從下半夜唱到天亮，曹老師站在前面指揮，唱到「一曲驪歌別君前」時，回頭微笑的看了我一眼，我曉得這一首是專爲我畢業唱的，人先已不禁，哪裡還堪歌聲如潮汐一浪浪襲來……回首夕陽斜，朵朵落霞飛越，今後萍蹤何處，翹首海天遼闊，無限惆悵向誰訴說。皎皎天邊月，爲何圓復缺，燦燦空中雲，好景也幻滅，離合與悲歡，一如車轉轍，惆悵可奈何，千里終須別。別矣，我良友，離別在今宵，別矣，我良友……聽得我卻不是哀傷低迴，只覺眼前景物珍重，令人疼痛，要大大的飛揚起來。

有誰說過「大恩不謝」，不僅是爲謝不盡，也是一古腦將這恩情推給了天地去，那對象竟眞的是蕩蕩莫能名了。「謝師宴」，我又謝的什麼呢？是謝的古今往來一切師生之情的原點嗎？我想起了遠方的爺爺，原來大恩不謝，其實還是謝的眼前的一枝草和一點露。而現在是王老師在唱歌，閩南語歌詞我聽不懂，可是按照我們合唱團完全中國方式的發音法，王老師顯然是壓了喉嚨，不合格的呢。

之子于歸

這一片陽臺望去，峽谷盡頭曾文溪水渺茫，天連水水連天，似為是外通海洋，那迷迷的水氣中隱隱一艘遊艇，快要看不見了。我舉起杯來，邀仙枝向新郎新娘致意，「昨天婚禮上敬的不算，這次才是眞的。」仙枝捧著杯說：「祝你們，很好很好……」玉山轉臉看住我等我的話，我竟無言以賀，望進他深深的黑眼睛裡敬一杯，忽然覺得淚水盈眶，感動的告訴自己，這是一輩子的朋友，一輩子。

四方一張小桌子，仙枝和我對面坐，玉山月榮比肩並坐，桌上吃得杯盤狼藉，鹽吹蝦，草魚清燉，草魚紅燒，都是曾文水庫名產，鮮嫩爽口，芥藍菜炒得綠油油，也比平地新鮮，糖醋里肌是我點的，獨獨吃了它半盤多。玉山和月榮沒有怎麼吃，月榮還是新娘子的害羞，端正坐著，吃吃就放下筷子，垂眼望著桌面，眼睫毛沉沉的覆在眉下，像是幸福得有些朦朧起來。玉山是吃一會兒就盯她看一會兒，好幾次兩人互相望到了，就笑，望望，又笑，弄得我跟仙枝也不禁和他們笑成一塊。仙枝高興的說：「我們這樣四個人，是五四時候的風光呢。」玉山說：「倒像岳陽樓。銜遠山，吞長江，浩浩湯湯，橫無際涯……」陽臺底下花圃整片亮黃色小花，好似初陽炫耀，岸上有人釣魚，幾枝魚竿橫插在岸頭，竿影一尾尾清晰的映在水上。右側峽灣裡開來一艘遊艇，將灰綠的湖面分出一條白浪，船駛遠去，浪花湮化成一波波漣漪，吹到湖邊，和水草一起說話玩。花圃中間有一叢藤蘿，開著串串的花，花心從深紫開到花瓣淡紫，玉山說：「那叫愛染桂，意思是桂花之戀。」原來它叫這個名字，我們家附近種著有，從人家牆裏漫出來，每日看見，卻是到了今天才認識。我和仙枝驚喜極了，輕喊一聲愛、染、桂，才喊花已驚，一應便嚮絕了山色湖光，潑潑顫顫恰似月榮做新婦的風姿呢。

和玉山認識還是因爲他寫給凡凡的一封信，厚厚的一疊，凡凡從抽屜拿出來，才看稱謂我便驚訝道：「妳原來還有這個名字，凡凡。」當下眞有點傷心，和她這麼好了，居然還私藏個名字不讓我曉得。那寫信的男孩到底是何方人物，我大概起了嫉妒之心，非常挑剔的把信看完，見署名是小橋，更加反感，因爲信上談到鹿橋的新作《懺情書》，顯然他是以鹿橋的忠實讀者自居了？那末鹿橋這人我先就不喜歡，你既然這樣推崇備至，可見也高明不到哪裡去。

第二天上英史課，悄悄的問了誰是陳玉山，坐在最後一排，哈，是打定主意來瞌睡的嗎？匆匆一眼，只覺他面孔是廣東仔的丘陵起伏，特別那一雙黑溼溼的眼睛。下了課，後面追過去喊住他，站在草坪上談了會兒話，要他支援《英萃》的稿子，我這樣講著，誇讚他給凡凡的信寫得很好，分明覺得自己的奸詐，不知什麼居心。往後聊起來，他說向來少跟班上同學交往，我找他說話時，他根本還不曉得有這個人，我聽了十分詫異，乍乍的感到委屈，一時竟恨起他來。實在我也眞是神經病，像上回練合唱，朱陵阿姨問起小說集的銷路怎樣，隨即道：「平先生說他這一生見過三位才女，你知道是誰？」我正在想有沒有我呢，結果是瓊瑤、三毛、張愛玲。其實平先生還漏了一個，朱天心。天心的《方舟上的日子》三版了，《擊壤歌》也已經第五版。

玉山有一種像小孩子的霸氣，他是不會考慮對方的，總總都得依他，說話才好好的，也不知哪裡得罪了，登時就冒出一句話叫人吃不消，不懂得的人很難和他談在一塊，總以為是自大傲慢，連我也都常覺到處碰壁。一陣子他和凡凡不知怎麼弄得很僵，恐怕多半還是他自己的緣故，好幾次對我說：「你不知道，她從前在我心裡的份量有多重，現在，完全沒關係啦，沒關係啦。」有時我談到凡凡，他就說：「她現在對我，是可有可無的，你講這些，我覺得沒什麼意思。」我聽了又好氣又好笑，回道：「別看我們現在很好，有一天你也覺得我沒什麼意思了呢？」他說：「你跟她不一樣——可是也難說，說不定就有那麼一天。」我心一驚，他在發出警告了。

這次婚禮在他家台南舉行，想著那千里迢迢的行程就令人卻步，爸媽都說不必去了，一則越禮，二則增加人家的麻煩，恐怕照顧不來兩邊都難堪，如果純粹去玩，也等大禮之後才好。這麼一酌量，眞是大人的事了，我卻直覺的認爲玉山即使結婚，有一半依舊是小孩氣的，他當眞能夠爲了好朋友，完全置禮法於不顧，爲此我也管不得那麼多了。果然一見面他就正經的說：「如果你不來，我眞的就跟你絕交了。」嚇得我直暗暗慶幸，不料朋友之間也是這麼行於險地的。婚宴從中午忙到晚上，賓客散去後，他拿出凡凡的信給我看，說：「難到我的婚禮她眞就不能來。」我告訴他凡凡不比我的賦閒在家，她現在研究生兼助教，還要管理自強館六百多個住校生，再加上期中考繳報告，怎麼走得開。他則說：「一個期中考不考又會怎樣。」有這樣蠻橫的人，我也沒辦法，看看信上的稱呼，問他：「你爲什麼叫小橋？」他放下畚箕，手支著掃把，竟然娓娓論了起來：譬如兩岸之間的聯絡要靠橋樑，人與人之間的默契亦好比橋樑，我爲什麼不叫大橋叫小橋呢，因爲鄉村的橋雖然小，卻是在平凡中顯現出偉大來……我靠在浴室門邊，腳蹬門檻忍住笑聽他說話，想新娘子是不能動掃帚，而今晚是他的洞房花燭夜，他卻在這裡跟我講著小橋論！正應菩薩像兩邊懸的一對聯子寫道：

觀空有色西方月
聽世無聲南海潮

他這人哪，就正是這樣的清淨新鮮，竟至於與現實彷彿格格不入。

我和仙枝風塵僕僕出了台南火車站，打電話聯絡時，發現電話壞了，居然長途電話不要一毛錢，兩人又緊張又興奮，乘機掛了幾通不相干的，宜蘭、台北兩地足足撈夠了本。家裡接電話的是馬三哥，正在看長片《獨孤里橋之役》，算算這時候王老師應該也在家，很想打去的，到底怕給仙枝取笑了，於是作罷。也不知瞎緊張什麼，好像隨時會給電信局的人逮住，幾通電話打得大汗淋漓，襯衫都濕了，眞是無聊至極。

坐計程車到海安路，車才停眼睛一亮，亂糟糟的路邊一位好乾淨的女孩，乾淨得像是不佔一點空間，果然是月榮，灰色的長褲套裝穿在她身上，這樣妥貼勻稱，反而叫人忘了她身體的存在，相形之下，我和仙枝怎麼如此長手大腳霸佔地方似的。其實與月榮不過兩三面之緣，這會兒她卻挽著我走回家去，那臉上安定自然的微笑和對待我們的神情，即刻使我懂得了她和玉山的愛情，也多一層體會出玉山是如何視我們爲知己，遠比我所想像的要更深、更深。和玉山相處，一直就覺得自己不夠眞誠，他的正直坦白，正好照映出我的時常誇張，花巧，總無法像他待我一樣至心至意。老實說，我眞有點怕他，那種，邪遇正的怕。

海安路是他二哥家，台南市有名的中醫，一進屋子滿室藥香味，我們高興得昂著頭拚命吸氣，倒成了兩隻狗兒似的。中藥香像是後街小巷裡涼涼的青石板路，浸在其中，整個人就清明沉靜了下來。玉山剛洗好頭，引我們到後面廚房坐，房頂開了口天窗，陽光隱隱約約，灶枱上一隻水壺燒著，噗嘟噗嘟打響，月榮沏了茶來，擺好一盤糖果，側身挨著桌沿坐下，四人相視而笑，喝口茶，「甜的？」原來叫六福茶。講講旅途的辛苦，玉山忽然打斷我們，「侄女告訴我你們要坐莒光號來，我和她說天文這樣的人才不會坐莒光號，最多就是對號快——你知道這話我不是瞧不起你哦。」我笑笑，想起有一次大家在淡水鎭上玩了一夜，第二天妹妹他們回台北上課，沒有路費，偷偷把我拉到一邊商量，我也就僅有的一百塊給他們去坐車。根本不值一提的事，沒想到看在玉山眼裡竟感動了好久，事後談起，他說從小到大因爲沒有缺過錢用，要花就花，完全不懂得錢有什麼意義，可是那天清晨，細雨濛濛裡我們姊妹商量時珍重的態度，叫他一下子才明白了錢原來還有在用途之外這樣的份量，卻不是那麼輕薄可揮霍的，他大大反省了一番，非常慚愧。經他這一說，當眞是上了一課，反而易賓爲主，我也慚愧起來了哩。

我和仙枝從包包捧出賀禮，一匹灰黑格子毛料給玉山，一副瑪瑙項環和手鐲給月榮。光爲著這兩件東西，選了我們整個晚上，手鐲是取「執子之手」的手字，項環中間雕鏤出的壽字就算假借「與子偕老」的老罷，可惜那匹毛料怎麼搜盡枯腸也找不到詞句可配，只願他深秋涼了多穿衣服，爲月榮好好保重身體。玉山收下賀禮說：「等我們婚禮過了再拆開細細看。所有禮物裡，你們這份是最貴重的。」

坐著聊一會兒，便陪月榮去街上試穿禮服，她禮服是訂做的，因店裏現租的沒她那麼嬌小的身材，月榮笑道：「我買衣服要去童裝部才找得到呢。」來到街上，這兒那兒的店鋪，幾乎都是他家親戚朋友，我也覺得像是回到了家裡，什麼都有一份。經過了一家書店，是玉山大哥朋友開的，結婚以後玉山先在那裡工作一段時間，再自己辦書店。這家店名居然叫神州書局，又是熟人，我們鬧著玉山將來他開的叫做三三書坊可好，封他一個三三駐台南辦事處，一路嘻嘻哈哈就到了禮服店。月榮被擁到裡間去換衣，我們外面看著一件件新娘服批評，玉山說他本來執意要行古禮，包括長袍馬褂和風冠霞帔，誰知連月榮都不贊成，勢孤力單只好打消，假如當時有我們一句話支援，他一定會堅持到底。我也非常喜歡古式的花燭夫妻，那大排大排的朱紅流蘇，覺得兩人一生眞是這樣深邃而華麗。看著玉山黑黑的雙目，心想或者將來我代他了結這份願望，當眞找不到正經的鳳冠霞帔時，向復興劇校借借也可以的，像天衣演貴妃醉酒的那一套。一會兒布簾拉開了，月榮一身白緞站在紫紅色地毯上，長長的白紗垂下來，舖著地面，佔去了半片紅毯。「哎，你說嘛，就爲這衣服結婚！」仙枝聽了直笑著打我。原來我們來的火車上，談到結婚究竟是爲了什麼呢，胡適是主張「無後說」的，我們也一直以爲道統的傳遞更大於血統，像孔子傳樂於子夏，傳禮於曾子，子夏之後有孟子，曾子之後有荀子，至於孔鯉實在是可有可無的。那麼結婚不在此，又在哪裡呢？談來談去，後來像是盹著了，一覺醒來就到了台南。其實啊，要遠則遠，要親即親，什麼都不爲，就爲穿一次這鳳冠霞帔結婚罷了。月榮換過衣裳出來，玉山靠到她耳邊說：「明天裡面要穿襯裙。」月榮臉一紅笑：「知道啦。」

回到二哥家，有人送點心和喜餅，也是明天嫁女兒的人家。那喜餅大得不得了，我跟仙枝驚奇的叫了起來，玉山說全台灣就數台南的喜餅大，嫁妝也最多，所以大家都要娶台南的女孩子，可是男孩就不行，嫁給台南的男生是完全倒貼，講著眼睛望向月榮，拿食指朝她額心一戳：「只有這個傻瓜啊，才會嫁給我。」屋子的人也笑起來。二嫂將點心端來，要我們揀喜歡吃的吃，就挑了樣橘紅色蛋糕撒核桃片，那樣式和味道還是土製的，吃在口裡非常紮實，又不搪牙，吃著想像那一家待嫁的女孩兒，什麼樣的容貌，什麼樣的心情，好似我已經和她認得了，在路上遇見要前去拉拉她的新娘子衣讚好看。而眼前的是月榮，燈光下格外一種柔美，連我都有些心神蕩樣了，誰知仙枝這時的心也和我一樣，笑向玉山：「你呀，是幾世修來的福……」二哥又捧來了一罐人參茶，四人分了喝，紅棗燉人參有一股甜甜熟熟的香味，人參切成一片片像生薑一樣，我們也很稀奇的都吃了下去，雖然一點不好吃。

晚上月榮的父母從台北來，住市區旅館，玉山得趕回鄉下請菸，明早再來迎娶，晚飯就在巷口的攤上隨意吃吃，吃的是蛤蚌湯，糖醋蝦，炒墨魚，炒花菜，非常豪華。玉山大概眞是高興，沒來由的就講一句：「你們來了就好……」一會兒又一句：「明天我的婚禮如果沒有你們，就整個黯淡……」他這樣滿心歡喜，以至於不能相信似的，要一次次的肯定。仙枝跟我說，玉山告訴她大學四年最大的收穫，便是認識了我，見他現在一個人歡喜得只講呆話，我心裡感激，分外感到街上閃耀著的霓虹燈，穿梭來去的車燈人影，鋪上炒菜的嗞嗞聲，蒸騰的白煙，桌上的碗筷湯匙映著微黃光影，都是這麼眞眞實實存在著，眞實得使人心口發疼。一寸寸的光陰，一寸寸的年輕，一寸寸的緣分啊……我只覺心頭哽咽難言，而又安靜溫柔得像是遍體晶瑩，唯此身不知以什麼來報答這悠悠人世。看看仙枝，看看玉山月榮，我是多麼幸運的人啊。

一晚上玉山總也算說了句中規中矩的大人話：「明天我恐怕有照顧不到的地方，你們不要生氣，等明天忙過了就全部是我們的時間，再好好玩一玩。畢竟這是我們陳家的事，不能全不管它。」吃過晚飯，跟仙枝，玉山和他侄女雪媚搭計程車趕回鄉下老家，爲新郎的請菸。計程車招來是輛私家車出來賺外快，車內非常寬敞，我高興的嚷著今天碰到的事，都這樣運氣，玉山笑說：「和你在一起都要碰好運。」我說：「才不呢，是沾了新郎的喜氣好不好。」

好的世界裡，凡事都幸運的，人好，他身旁的事物也會一樣好，再悲哀淒慘的環境都會跟著好起來，像王老師聽我講同學，講家人，聽聽總是笑著：「那是因爲你們人好。」本來，道大，天大，地大，人亦大，域中有四大，而人居其一焉，人能與天地並立爲三，怎麼會不好呢。不好的時候，人也要起來將它變好，這時天地倒反要聽從我們幾分哩，革命不就是人走到天的前面去了嗎。面對今天中國問題，是要以革命的氣魄，才能不受限於一切因果律，才能禊祓陰霾，又見江山如畫多少風流人物。此時此刻雖然美好，到底還是個人的，我們仍要像劉邦，像李世民，像孫中山的只是做了春天，而讓天下去做春水春花。史上最大的詩人是 國父孫先生，而民國的大事尚未央，我們要繼孫先生之後，醞釀春天。我有太多的感激總無以回報，爲來爲去都只爲了她——我永生的戀人，那三月桃如霞十月楓似火的，我的古老的中國。

開了三十分鐘車程才到玉井，見過他父親家中大小，在客廳坐著，雪媚端來一盤糖果和柳丁香蕉，糖果裡一半情人糖，一半梅心軟糖，軟糖正是我愛吃的，一下子就全部吃光了，柳丁和香蕉是他家園子裡長的，我這都市人又新奇得不得了，各吃了許多。

玉山家前庭後院一派燈火通明，新漆的牆壁，新刷的門戶，正廳壁上懸了一幅幅大紅綢布，貼著金字。靠廚房那邊的空地搭了棚子，大師傅領著幾個婦人已經開始做菜了，那麼大的鍋盆和蒸籠，炸雞腿，蒸珍珠丸，沸騰的油翻滾著泥金的光，連著跳動的火舌，映得人臉上一層肅殺之氣，眞是在承當一件重大事件。亮晃晃的光暈照亮了院子每個角落，靜穩實在中又有些隱隱不安似的，也許這人間的喜氣沖上天庭，有仙子要動了思凡的心。可不是嗎，我們正在後院裡搓湯圓，玉山的大侄兒就坐在仙枝旁邊，那肅靜的眼和鼻。湯圓有白色桃紅色，從手心裡一顆顆搓出來，白的是心跡如雪，紅的麼，是春風拂過了桃枝花朵一顫。仙枝的兩頰一片嫣紅，細細長長的眼睛會說話，和我比賽誰搓得快搓得多。唉，當此佳節良辰，我又不知怎麼辦才好哪，彷彿必得做一樁驚天動地的壞事情才對得起。院腳一株高高的楊桃樹，我和仙枝站到石凳上去打，想起京戲裡的是「打櫻桃」，好好天氣的平白惹出一段故事，而我們是瑤池裏的神仙，偷了蟠桃，被謫下塵世來了呢。

玉山的大侄兒在陽明醫學院唸書，敘起來才知道，前幾個禮拜他們學校辦的演講會，已見過父親，他望著我說：「你很像你父親。你妹妹不像。」玉山叮嚀他要特別照顧我們，他的誠懇令人想到仙枝〈蓮子清如水〉筆下的荷葉。晚上我們過去他家休息，離這裡幾條巷子，果然是鄉下了，一入夜便悄無聲息，路邊竹叢滲出一蓬蓬泥土的氣味，很是嗆人。一會兒功夫，他帶來一位高個兒男生，竟也是淡江的，去年畢業現正服預官，還是擔任前年活動中心的學藝幹事，眞是碰來碰去都是熟人，好比《詩經》裏的「邂逅相見」，「既見君子」——「怎麼這麼容易又見著啦」，滿心的都是歡喜。荷葉的妹妹雪瓶端來一罐梅子湯和一碟醃梅，好吃得很，又差不多吃光了，梅子也是他家山上種的，山高入白雲，寒假的時候正好梅花開，我們玩興剛剛開始呢，已忙不迭又和人家約定了明年賞花的佳期。

大清早就給喊醒了，是荷葉找我們出去玩，兩輛摩托車，淡江的男孩載仙枝和玉山二哥的孩子，荷葉跟我一部。十二月初的清晨寒意凜凜，可是樹林間田野上到處蒸騰著薄明白煙，嗅得出暑氣猶在，會是個小陽春的好天氣。這樣的黃道吉日，婚禮也辦，喪事也辦，中午我們陪玉山進城迎娶的時候，十字路口就碰著一隊喪儀浩浩蕩蕩開過來，等他們走完，我們再走，也不以爲是犯沖了，只覺日光之下，生死都解脫而爲人間的禮儀之美。

昨晚到玉井時已經天黑，今個兒才看清楚了，筆直的柏油路，兩邊種著高大的芒果樹，樹梢長到中央來連接成拱形，路筆直得望不見盡頭，一脈蔥鬱之氣，想像芒果成熟時，走在路上都有果實掉下來，好奢侈啊。芒果樹外面有的是一大片蔗田，黑甘蔗食用，白甘蔗搾糖，夾在路上兩旁，長得森森細細好像東北的「青紗帳」。有的是香蕉園，橘子園，柳丁園，橘子跟柳丁都成熟了，一纍纍的橙黃怵目驚心，我實在不能相信這就是我們吃的柳丁了，那只有在夢裏，夢見蚊帳上掛滿的是，來不及的吃，吃著還抓在手中緊緊的，一遍遍告訴自己：這次是眞的了。仙枝也高興的叫：「噯呀，我們可不是到了花果山。」

騎著摩托車，刺刺的冷風迎面灌來，沖得人雜念俱淨，就剩下單純的興興頭頭，又回到孩童時代似的。一路上扯著喉嚨問東問西，荷葉也一直不厭其煩的拉高了嗓門回答，這是龍眼，那是木薯，芭蕉和香蕉不一樣在哪裡，椰子和檳榔又不一樣在哪裡，其實原本我都知道的，光是要聽聽風裡他的聲音，聽著又覺得是生平第一次見到這些草木，果眞稀罕新鮮得不得了。一輛牛車在前面緩緩行著，我們一下便超越了過去，聽到牛頸上垂掛的鈴噹叮叮響，我訝異道：「咦，牛？」荷葉回道：「噯，牛。」那黃牛大大的褐色眼睛像是看穿了我的心底，笑得溫柔而諷刺，走遠了，耳邊還依稀響著牛鈴的叮鈴叮鈴……車來到一座吊橋，橋頭好幾棵南洋櫻花，該是清明前後才開的，這時卻已開了六七分，白色和桃紅的花瓣像許多蝴蝶，在晨風裡振翅想要飛去，它們一定是曉得我們今天經過這裡，趕緊約齊了提早開花，我去摸摸它翠綠的葉子，謝它們的這一番殷勤之意。下了車，五個人步行過橋，橋下的河水一大半涸乾了，砂石遍野，滿河牀的芒草開著銀白花穗，沉澱在清晨的煙霧裏，遠遠直到天邊。太陽已經升高了，因爲霧氣太重，只是一輪月白色，映在淺水中搖動，乍看還當是輪滿月，一刻的恍惚，竟不知是生在中華民族哪一個朝代裡。

想起太古文明，天上日月並出，地上光明遍照，而現在的民國世界，有我們一行人走在這明迷的陽光月色中。

荷葉指著遠方一片矮樹林告訴我們，那也是芒果樹，大樹結小芒果，小樹結大芒果，這倒奇了。本來玉井是全省有名的芒果產地，後來開了曾文水庫，自然生態一改變，雨量驟增，常常芒果還沒成熟就濕爛了，如今產量已大不如以前。說說走走，又騎回玉井鎮上買花，是玉山昨晚叮囑過的，荷葉說選花是女孩的差事，都交給我們去揀辦，他們三個男生隔著花攤等候，卻碰到我和仙枝都是沒主張的，幾朵花不曉揀了多久，還是老闆娘幫我們做主，買了黃菊、紫菊、劍蘭和兩葉鐵樹。市場的鐵皮棚頂搭得很低，光線陰和，不知是不是花朵的豔色映的，覺得仙枝特別明亮，那荷葉安靜候在一旁，也不知是不是在看我們。這一切眞是叫人感到世事安穩，歲月靜好，至於玉井之外的天下局勢怎麼變化，此刻我是寧願不聞不顧的了。

中午迎娶回來，我和仙枝坐的是殿後的發財車，車裡載著幾牀新製大紅被褥和枕頭，一下車，已是滿地的鞭炮屑，新娘早已迎進去了，急得我們兩人直喊冤，生怕再錯過拜天地。大門左邊站著荷葉，捧了一盤菸，右邊是雪瓶雪媚，各捧著瓜子糖菓，我們抓了一把糖趕緊往裡面跑，問過兩三人才曉得新娘在臥室裡休息，還沒拜天地。一會兒新娘才被簇擁著出來，伴娘是月榮的妹妹，在後面持護著白紗，和月榮長得一模一樣，原來竟是雙胞胎，我們驚訝極了，想著可別娶錯人都不知道呢。新郎新娘拜過天地，又拜祖先、菩薩、門神和父母親，玉山每拜完一回，便拿眼睛望著我和仙枝微笑，我們也用眼睛報以最誠心的祝福。

太陽很烈，坐在院子裡吃喜酒，雖有塑膠棚搭，也擋不住刺熱的陽光曬得背上發燙。前後院子請了有三十八桌客人，擠得眼對眼、鼻碰鼻，滿耳的閩南語一句也不懂，唱機又播送著什麼歌曲，反覆的一首，只聽到伴奏迴轉的，野蠻的哐凄哐凄，一聲聲震得人心口顫動，把我身上一切文明的東西都打跑了似的。正廳裡跟廊簷下掛滿了大紅綢布，布上飄浮著一朵朵亮晃晃的金字，潑灑得四處是豔豔的紅光，使人要瞌睡起來，而又有正午的清醒。我一直注意著人叢裡的玉山月榮，想著中國的婚姻，眞是從一片廣大的人世裡生出來的，好像新郎新娘盛在一只紅漆描金托盤上，可以供奉神前，永恆如新。新式的婚禮也看過幾回，給我的感覺總是場面都凝縮在兩人的世界裡，沒有深廣的人世爲背景，等情感如烈火燃燒完了，就眞是完了，那場面的單薄實在令人氣短。玉山的婚禮讓我第一次感到中國婚禮的強大貫徹，而且這樣熱鬧華麗的喜宴中，玉山整個人只是靜靜的，望到我們時笑一下，就因爲他人的清素，這場合便有了中心統一，再怎麼喧鬧下去都有個靜意，不至於得意忘形了。

一場喜酒吃到下午三四點才散，月榮換了一襲長及腳踝的大紅繡金團壽旗袍，全家人在正廳前照相，鴉鴉的擠了一大片，原來他家有這麼多人。荷葉站最後一排，是長孫，旁邊跟著雪瓶雪媚，都在外地做事了。全家福照完，玉山的父親要師傅也特地爲我和仙枝拍一張，仙枝嚇一跳，跟我咕噥這種相很貴的，辭謝不掉，還是傍在新郎新娘兩邊合照了一張。他父親豎起大姆指對我們說了幾句話，聽仙枝翻譯，是誇讚我們做朋友眞心，這樣大老遠從台北趕來。拍攝完，玉山遞給我兩個紅包，說是月榮的意思，謝我們的當伴娘，這豈不滑稽得很，我們兩人什麼時候又變作了伴娘，想也是替我們分擔一點車費呢。

最後是捧茶，廳裡父親母親和親屬依次坐定了，先由新娘送茶，一旁攙著的是位全福婆婆，口中唸唸有詞，都是些吉利的湊趣話。送茶畢再由新郎送菸，新娘後面捧著茶盤收杯子，一個杯裡一個紅包。第三巡新娘分贈包袱巾，玉山陪在旁邊，一一爲她指認：「阿爸。阿母。大哥。大嫂……」此後月榮就是陳家的人了，還要靠夫家的提攜與指導哩。

回到大哥家，見荷葉和他兩個妹妹行李差不多都收拾好了，就等車子來。和他們原也是素昧平生，這時卻捨不得似的。坐在後院石階上彼此交換地址，仙枝送給雪瓶一支胸花，我也永遠不會忘記昨晚洗好頭髮，雪媚用吹風機幫我捲頭髮，那跪在榻榻米上的身姿，那細軟的手指和比我還要白的手臂。二侄子跟仙枝在木瓜樹底下玩象棋，荷葉便趁這等車的空檔，載我去芒子芒大埤轉轉。摩托車岔出了柏油路，碎石小徑顛得很厲害，一邊是高過人頭的甘蔗田，一邊已經收割過了，種著雜糧，浸在橙紅的晚霞光影裡。車停在一座土壩前，荷葉指著壩底下的平原告訴我，這裡就是噍吧哖事件戰場，當年日本人怎麼來攻擊，村人怎麼翻過山嶺據守大埤抵抗……講著爬上了壩頭，眼前赫然一片大湖，斜陽冉冉，漫山漫野白紛紛的芒草，都給霞光刷上了一層金粉，荷葉也不言語了，只聽得湖上鳥聲啁啾，偶爾一隻飛影剪過暗綠暗綠的湖面。當年的壯烈戰役我也不懂得，只覺眞的是深秋濃濃了，一陣風吹來，天色暗了一些，壩上的芒草吹得低低的，忽而淒涼起來，還是趕緊回去罷。

送走荷葉他們，就剩下玉山父母親和底下一位妹妹了。玉山拿著掃帚前院後院清理乾淨，又用抹布將桌椅擦了，屋內即刻又日常如昔，而玉山那種做事仔細端正的樣子，使我覺得結婚不但不是結束，才正是戀愛的開始，眞的，這一切才剛剛開始呢。新房的榻榻米上，月榮跪著在收拾東西，牀上一架梳妝枱，鏡子還用紅紙封住了，要三天後才能揭開。直到新娘送完客人之前，外人都是不准坐臥的，我現在也只沾著一點牀沿坐，生怕撞壞了什麼似的。

我們問月榮，剛才送走爸爸媽媽時想不想哭，她說哭早已哭過了，今天是不可以哭的，只能心裡難過，否則多掃大家的興呢。我們又要她講講怎麼和玉山認識的，她自顧笑了一會兒說：「不知道嗳，大概他同學介紹的罷……」她是歡喜得連自己都迷糊了。忽然月榮眼波一轉，怨道：「最討厭啦，老早就要玉山幫我買衣架來的，他說好好，好到現在也還沒買，這一箱衣服都不能掛了。」說著笑起來，我們也感到好笑，爲她這樣可愛的神氣對我們說話。又講到櫥裡幾支舊衣架，不會買，是那種用用，就會鐵絲跟塑膠皮分家的，講著玉山便掀簾子進來了，見我們三人咧嘴笑著，問笑什麼，我說他準是在聽壁角，怎麼才講他的壞話，就要進來分辯了，看他只是一副無辜樣子，更加惹我們笑得開心。玉山也坐到牀上來，斜倚著棉被聊天，說了些閒話，蹦的冒出一句：「你們覺得國民黨怎麼樣？」我和仙枝互望一眼，非常詫異，不曉得話從何而發，尤其今晚他大喜的日子，是完全的不合時宜。跟著就談到此番立委國代選舉之事，台南市長蘇南成的政治作風，也談及三三面對當今局勢所抱持的想法和態度。爲了談興正濃，玉山陪我們去大哥家把旅行袋提回，晚上就宿他父母親隔壁房間，也好多談。回來的路上巷口買甘蔗，甘蔗才從田裏拔來，根部的泥塊還是潮濕的，一口氣要歐巴桑削了三棵，一人一棵，截成兩段，長度恰可以舞劍，走著邊啃邊比劃，鄉下都睡得早，四周又黑又靜，說笑格外響亮，每每被自己聲音和笑聲嚇了一大跳。

夜晚我們在後院啃著甘蔗談天，石桌上擺的一口搪瓷盆浸著玫瑰，是月榮的新娘捧花，仍舊豔簇簇的。玉山說他交朋友，先分好人壞人，壞人他便一概不去理會，可是月榮不同，好壞她都能相處無間，結果那壞人其實也有些好處似的。後來玉山進屋換了套睡衣睡褲，出來坐定了，望著月榮壞壞的說：「這衣是誰送的呀……」月榮推他一下笑道：「嗳，早就知道了。」原來是以前和玉山很好的一位女孩送的。今個兒是什麼日子，他膽敢如此放肆，我們問月榮吃不吃醋，月榮說：「他與誰好都跟我講——他還幾乎要和人家結婚了。」玉山拉拉她手，也說：「月榮從來不嫉妒的。」

那女孩該不是玉山跟我談過的波兒罷。玉山曾經說他從小到大，一直受女性的好處，受的也算不清多少了。跟他剛認識時候，家裡盛開玉蘭花，有時我帶去學校總分他兩朵，他便寫了首新詩，題名玉蘭花，不知是否他的第一首詩。寫好要我朗誦給他聽，還不足夠，又邀去他宿舍錄音，錄了又必定要我唱〈祖國〉，都依順了，見他在錄音帶上工整的寫著：天文的聲音。

他和波兒本來已經論及婚嫁的，就是因爲一次去她家，她母親彷彿提出什麼條件，波兒跟著母親同一陣線，玉山一氣就此斷絕了，過後波兒寫信給他頗有悔意，他卻連信都不回人一封，再回想起來，他也知道過分了，卻不懂當時自己爲什麼這樣無情。以後也結識了不少女孩，常常就聽他講哪個女孩如何如何的好，誰知隔不多久苦惱又來啦，總是對方有些要求承諾的意思了，他卻不是要這樣的，鑑於波兒的事情在前，只好開始逃。「她對我眞的好，好得不得了，可是那樣子叫我不喜歡，好像我必須對她負起責任。難道不能光是好嗎？」每次這樣問我的主意，我也長篇大論講一通，想來怕都是廢話，而他也居然受用。

去年年初他常跟位女孩去淡海玩，一回上完歐史，在樓梯口分手時，就來問我怎麼才好。我說眞正美的事情是不會造孽業的，你和許多女孩來往都好，還是看你的人美不美，總不要造孽，把人的品氣給弄低了。再遇見時，他笑嘻嘻的說：「現在很好啦，她也能懂得了。」至於怎樣的狀況，他不講我也不會問，兩人就去側門吃了頓刀削麵。後來認識了月榮，帶來我們家玩過，問我對月榮印象如何，他自己倒先說了許多，「我向來不愛女生化妝，可是月榮化妝，我看著沒有不順哩。」不久之後他又跑來問道：「但是，我一點都還不想結婚呢？」我隨意說：「月榮不就是你要的那種女孩嗎？」他回去想想對呀，爲什麼不呢，便和月榮定下來了。現在聊起，我已早忘得精光，誰知道天賜良緣竟也是決於一念之間，想著只有說是天幸了。

夜已深，露華漸濃，侵得人四肢冰冷，我們還盡管絮絮叨叨沒個底兒。月榮在槽邊洗衣物，水聲嘩嘩的，廊簷下隱隱飄浮著昏白霧氣，暈黃的燈光灑了一圈，忽然不知那洗衣的女子是什麼時代的什麼人氏，也許是銀河裡的織女，永遠就在那裡的。眞是好一個如花美眷似水流年！子兮，子兮，如此良人何？子兮，子兮，如此良夜何……

清晨，晨曦照進帳來，不記得醒著還是做夢，有鳥聲，院子裡玉山像在掃甘蔗渣，喊起來：

「月榮，月榮……」

恍然如夢，而清明似水。

又是個秋日豔陽天。我和仙枝再打了幾個大楊桃裝好，就踏上蜜月第一站，曾文水庫。玉山月榮好像梁山伯與祝英台，仙枝就扮書僮四九，我扮丫鬟銀心，路邊的煮飯花都開了，亮麗的陽光下，是望不盡的椰子檳榔樹，甘蔗柳丁園，以及銀花花搖閃著的野芒草。

吃過水鮮，下坡去搭遊船，渡到大埔要四十分鐘水程。河面很寬，一邊有峽谷之勢，一邊是平原雜樹，仙枝跟我都脫了鞋坐在船沿，攀住欄杆，兩腳插入水中，一會兒浪花就濺濕了半條裙子。正午偏西太陽還很大，水波映得人睜不開眼睛，昏昏欲睡，我盹了一刻醒來，驟覺天光清涼，船已經駛入山中，太陽被山遮去了大半。往船前望去，山水一片蒼茫，船尾看著，則是一滾一滾的波瀾遠去，照著太陽餘光，金波熠熠跳動，更遠更遠的水霧陽光中，彷彿一座樓臺，我們才從那裡下來的，竟疑做是哪處蓬萊仙府了。

而我們，我們是萬里江山萬里人。河水縱然浩大，怎奈載不動我們對中華民族的千歲亙古之思。那三月桃霞十月楓火的海棠葉，是我們永生的戀人——哪一天，哪一天啊，才是民國的洞房花燭夜？

花問

畢業之後長長的一個暑假過去，再見到凡凡時，我怕有些不認得她了。

那天是九月十六日，前一晚中秋節，我們特爲看漲潮跑來淡水，坐最末班火車，幾乎沒有其他乘客，一節車廂裏都是我們的人。出了關渡山洞，豁然一片水光隱隱，觀音山一廓黑沈沈的就在窗前，啊，眞是久違了。下了火車，月臺上的涼風吹來，覺得悵惘，應該是快樂的呀，但我怎麼反而若有所失？彷佛淡水的街道、燈影、月光和中秋蜜蜜沁人的節氣，都有意與我生疏了起來。可是我離開你們也不過兩個月啊，怎麼你們就不理我了？難道是我負情忘義了嗎？還是嫌棄我沾了塵世的俗氣呢？今天回到家來，我依舊是當日的青青子衿啊。是我變了嗎？還是你們變了呢？

去自強館找凡凡，兩人坐在書桌前講話，我立刻感覺到自己的幼稚不成器。聽她有條有理的談事情，神情莊重，我簡直不能發一言，心上光是慌張，連此番來淡水看漲潮看到夜裡三點鐘的事，也只提了一個頭就不敢再往下說。她講了一些對我寫文章的看法，也建議三三今後更要落實了去做，不能只是貪玩，每一句話都講得對，而每一句出來，卻好像我們越來越陌生了。後來還是她說我這樣把頭髮燙得短短的很好看，像葛蘭，又拉拉我的大圓裙稱讚，我站起來轉了兩圈，把裙子旋得開開的像一片荷葉給她看，兩人才又親近了些。只是我心中淒涼。

十點鐘自強館關門，凡凡送我下樓。我想著從前她上樓找我，我下樓找她的情景，每次我必是頭髮梳得好好，衣服穿得整齊，即使不過借本書或問句話，也像赴一個約會般是樁大事。和她說了話回寢室，總是無法平靜，牀邊坐一會兒，窗口站一站，又突然疑心自己長得不夠美貌，拿起鏡子照了又照，嘆息一聲。現在我一步一步階梯的走下來，心口緊得發疼。走出了大廳，回頭向她道再見，她倚在玻璃門邊招手，日光燈下修長的身影，令我差不多要起了悲劇性的情感。也許已經是我們緣盡的時候，再相見都只能夠是普通的朋友了——只是，只是，緣盡情未了，我還有一股濃濃的不甘，要問問淡江的天空，難道我們四年來的認識就僅僅是一場惘然嗎？

我記得有一天下午和立山而去淡海走走，浪潮一滾滾打上岸來，碎紛紛的浪花退回去，又打上來，好像千古以來一直問著陸地一個問題，而太平洋高曠的天空無涯無際，永遠沒有答案。此刻立山而牽著我走在濕濕涼涼的沙灘上，海風吹拂潮聲，我和他之間就是像這樣的一個下午了，不可能有下文，也不會有答案的。

而他舞時的愛穿紫紅色背心淡黃襯衫，唇角薄薄的似笑不笑，和舞畢鞠躬時俯視的閃爍的眼睛，在我記憶裡始終是年輕的，鮮明一如現前。若還有緣份再相見，不管那時人世滄桑幾何，他都是我一直知道的那個男孩立山而。認識的時候是這樣的，將來的將來也仍舊是這樣。

凡凡是淡江的一朵花，現實裡的花有開有落，但我心中的花永世長生。

第一眼見到她，是上軍訓課時候，她從門口進來，好像帶著外面明麗的陽光，照得人眼睛一亮，我立刻坐直了起來，心頭怦怦然。她隔著兩排坐在我斜前面，整整兩節課我的眼光沒有離開過。這樣側後方望去，她把頭髮分成兩束，紮得非常高，像年畫裡放鞭炮的小孩，紮不進去的小髮就散在頸上，襯著白皙的膚色，眞是純淨得發亮。班上一定也有許多人在看她，我看得喜歡了，不免又要刻薄，想從她身上看出哪裡的缺點，那握著筆的手，端坐著的姿態，轉臉和同學講話時雙眼皮沉沉的一張一合，看了兩堂我只有和自己說：她爲什麼梳這樣的髮型呢，兩隻羊角似的多不美觀。下課出了教室，我遠遠跟在後面，她走路的樣子像是四周的人物風景都不存在，這時候她就是一心一意的走路，似乎可以一輩子如此走下去。跟了一段路，才從動力工程館旁邊的岔道離開，看她去的方向自強館，大概是住校生罷。

但是當時的我是不理人的，慢說她名字叫做什麼我都不想要去問問，便連淡水鎭上的名勝古蹟，我也故意對之傲慢，遲遲還不去尋訪。我是爲了要替小方守著一份什麼，特意把良辰美景拒絕了，也把我的年輕貌美都付與了東流水，雖然有那麼一絲絲兒的不服氣，然而一切也是心甘情願，沒有怨尤的，有些像出家人的修行，也是悲壯，也是淒楚。後來我才聯想到凡凡紮著兩束頭髮走路的神氣就是這樣。她或許很像《紅樓夢》裡的妙玉，但也不完全是，不過至少我們相同的一點是，都拋卻不了紅塵的繁華熱鬧。

一年級時住側門一家雜貨店樓上，也不和別人交往，文社幾個朋友常來找我，我總嫌他們哪裡有些浮誇，並不看在眼裏，閑時就獨自校園中亂逛，也喜歡陽臺上站站，半個淡水鎭即在眼下。鎭上古老的房子屋瓦都覆滿了青苔，小草四處茂盛，甚至一隻破鞋子也燦爛的開著酢醬草茄紫的花。想起小時候掉牙齒，爸爸教我將上牙丟到牀底，下牙丟到屋頂，可是誰會把破鞋丟上來呢，而且怎麼只有一隻，另外一隻跑去什麼地方了。屋頂上的玩意可還多著哩，有可口可樂瓶子、鳳梨罐頭、拖把、羽毛球、棒球，一隻黃貓屋脊上漫步著，我發起賤來，嘴裡吃淨的酸梅核拿來擲牠，擲中了，但牠絲毫沒有驚動，只靜靜的看著梅核滾下屋簷，隨即伸了一個大懶腰。我非常訝異，又在地上摸到一顆龍眼核準備再擲，牠卻忽然跑了兩步，停下來，有些怔忡似的，然後登登登的趕快跑走了。也喜歡穿著睡袍斜坐在水泥欄干上梳頭，風暖暖的吹來，對過樓上有個男生朝著這兒看，似乎做了什麼樣調笑的動作，我也回他一個不知什麼樣的豔笑，趕緊溜回屋裏，別發神經了罷，心中倒眞的高興，彷彿是佔了他的便宜。

我住二樓，馬三哥住三樓，那時並不認識，就是常常聽見上面放音樂，鋼琴獨奏的總是一支蕭邦的波蘭舞曲。我不但沒有被感動，反而心中好笑，覺得聽音樂的人故意在製造培養情調，像許多三流小說或電影裡廉價的感情，於是我又發神經的對自己說，聽琴的人哪，你想引誘我上樓去嗎，不，我是不會被引誘的。

那天也是中秋，沒有回家過節，晚上吃自助餐特別多叫了一樣葷菜，又買了一個蛋黃月餅，逕自逛到觀海亭看月亮。我不想家，不想奴奴毛毛花花和天心天衣，也不想爸爸媽媽，只想分離天涯一角的小方，想得心都傷了。山下的燈火一片璀璨，遠處淡水淡海連成與天一般黛藍，觀音山剪影在夜空下，月色如洗。一行人走上山來，剛看完電影，興高采烈的高聲談論著，其中一位女孩好像快樂得要死了，聽她大大的嘆一口氣道：「唉，今晚的月亮眞好！」那一聲滿滿的都是生命不知要怎麼好了，叫我心驚，甚至哀痛起來，眞是她有那樣可揮霍的青春，而我眼看就要完全辜負了。他們看的電影是李絲麗卡儂的《春江花月夜》，唉，春江潮水連海平，海上明月共潮生，瀲瀲隨波千萬里，何處春江無月明……好一個春江無月明呀，你，還是回去罷，今晚的月色與你是無緣的啊。

回到屋裡換了衣裳，已經打算睡了，小利來敲門，邀我去牧羊草坪賞月，秀才他們都在那裡。我一點興致也沒有，又剛剛哭過，眼睛澀澀腫腫的不好意思見人，卻拗不過他，只好勉強跟著去了。草坪上聚著一群文社朋友，很多面孔還是生的，大家或坐或臥，聊天嗑瓜子分柚子吃。文社的每一個人都能言善道，話匣子一打開便如長江黃河，哪裡還有我講話的餘地，我就躺在草上吃柚子，一絲一絲纖維的吃，等吃完柚子也可以走了。文社大哥是談話的中心，聲音很有磁性，在談看山是山看水是水的人生三境界，我也覺得他們只是廢話，倒寧可聽聽池邊零落的蛙叫，心神早已飛馳到月亮上去看嫦娥了。

小方臨走前一晚打電話來，兩人不相干的扯了一籮筐的話，仍然捨不得掛斷，後來還是他下了決心道：「最後講三個字，就是那三個字，你知道的。」我故作天眞的問：「咦？哪三個字？我怎麼不知道？」他好像笑了，「將來再說罷。」「不要，現在就說。」「將來罷……」「怎麼知道還有將來，假如我現在就死了，你會遺憾一輩子。」他笑著說：「你死不了的。你要活得好好的等我回來不是？」「誰說？鬼才等你！」說著假裝要掛電話了，逼得他趕緊搶道：「好，好，現在講。耳朵豎尖一點啊——」聽他語氣之間的歹意，我又緊張又好笑，氣也不敢吸一下，生怕漏聽了一個字，那才眞要遺憾終生。「聽清楚了，喏，就是那三個字——一、二、三……」兩人都大笑了起來。

想著想著，不知什麼時候就坐直了，醒過來時有人在和我說話，「啊？」定睛一看，是個男生輕聲的問道：「你讀幾年級什麼系？」我便和他淺淺的聊了些話。草坪中間放著一架錄音機，一直播送音樂，只是個襯景若有若無，這時忽然飄來一縷十分熟悉的旋律，我跟那男生說：「我樓上有個人常常聽這支曲子，總不嫌煩似的。」他道：「錄音機是我的。」當眞他就是那位聽琴的人，大家喊他馬三哥。我立刻對他生出一股莫名其妙的敵意，講著話就存心岔東岔西，專挑犯忌的詞兒，叫他不痛快。他告訴我本名叫什麼，我聽了說：「怎麼這樣老氣的名氣，眞的，好老噯。難道你從小就這麼被叫老了麼。」見他的臉色一暗，可眞是稱了我的心。

以後聊起這一段，他倒是說那晚和秀才他們講了許多話，還不如轉頭一眼看到我，臉上的一種柔和而恍惚的微笑，至今依然印象不滅。我就引張愛玲談蒙娜麗莎微笑的話來氣他，唸道：「一個女人驀地想到戀人的任何一個小動作，使他顯得異常稚氣，可愛又可憐，她突然充滿了寬容，無限制地生長到自身之外去，庇蔭了他的過去與將來，眼睛就許有這樣的蒼茫的微笑——你說呢，這笑可是爲別人的。」他也笑道：「才看你乖乖的樣子，怎麼知道一出口這樣衝人，我就說，嘖嘖，這個小孩好辣手哩，哪天要好好給她一個教訓……」我卻生氣起來，「什麼，你當人家只是個小孩。」「不是小孩還是孩（鞋）子？傻頭傻腦的。」這回我是眞氣了，輕蔑的冷笑一聲，硬派他道：「哦——我曉得了，因爲人家爲小方笑，你嫉妒了是不是！」他光是涎著臉，輕鬆的說：「我幹什麼跟黃毛小丫頭吃醋，沒事兒幹？」氣極了，反而平靜的，冷冷的威逼道：「你再說一遍。」他眞的就說：「黃毛小丫頭。」我眼眶一紅，返身要走，被他一把拉住了笑說：「就是丫頭才喜歡哪。」我也噗哧的笑了出來，「你要把人家弄哭了才高興！」他賠禮說請我去吃百香果好不好，我口中說不稀罕，還是任他拉著出門去了。路上他只管笑嘻嘻的打量著，羞人道：「又哭又笑，騎馬又坐轎……」給說得很不好意思。陽光裡人影熙來攘往，遇見熟人打個招呼，心中眞是快樂。

中秋過後，文社辦了場演講，由馬三哥主講「鏡中人」。先前在龍山寺喝茶時，就聽他們略略提及，不知哪裡流傳來的一首新詩〈鏡中人〉，還是個小學生做的。但我非常懷疑，甚至以爲是不是他們之中誰寫的來冒充，因爲詩雖然用小孩口氣，卻是太明顯的哲學意味，大可以發揮成一篇博士論文呢；當然小孩子講話是世界上最哲學的一種，可是並非以這樣的方式吧。海報貼在側門冰店外面，金黃色道林紙長長一卷，整首詩都用毛筆字抄下來，經常聚著一堆人圍觀，我也駐足過幾回，都是腦子空白，想要激發一點感觸也不能似的。卻沒料到演講那日，L一〇一的階梯教室坐滿了學生，我自己也不過來捧場的，難道大學裡眞有這許多無聊人士爲了那首詩聽演說？馬三哥在台上講，穿著深咖啡襯衫淺灰白長褲，忽然一瞥眼，啊，她也來了？那熟悉的側面，那見過一次就不會忘記的身影，我再顧不得聽講了，只瞅住她看，越看越惆悵，紙上胡亂畫著娃娃頭，一個一個可不都是她麼。發現她的頭髮比我們都留得長些，便盼望自己的也快快留長，長到和她一樣多好呀……

凡凡倒是欣賞這一場演講，第二次參加文社聚會，全是衝著馬三哥去的，立刻驚動了社裡所有男生，人家她也就只是靜靜在角落裡看書，他們男生趕著便已通風報信過了。馬三哥向我形容她：人坐在那裡，教室裏的光很暗，有日光燈的，可是不知怎麼就是暗，好像爲了襯托她，整個沉澱澱的暗著，暗裡托出一張瓷白的臉，眼睛緩緩抬起來，望著你空空洞洞的，像是等你賦給那張面孔一個表情。

好生動的敘述，簡直是一幅幻麗的現代畫呢。我內心卻譏嘲道，笑死人，哪裡是教室的光暗，分明你眼中無物，就只看見她一個人罷。橫豎你們社、來了位漂亮女孩，又干我什麼事，巴巴的講這一堆話，沒意思。他想想又道：「也是你們英文系的咧。」我一聽，心動了動，除她之外，誰還會有這樣一張瓷白的、空空洞洞的臉，等著世界賦予它一個表情。

我克制住激動，冷淡的問道：「叫什麼名字，也許我認得。」他也奇怪，不用口講，借過紙筆，在書桌上寫了三個字，一副熱心虔誠的模樣，看在眼裡也是好氣又好笑。他遞過紙來，我隨便望望，哦一聲說不知道，心中可是衝突得半死，爲什麼爸爸媽媽不給我也取一個這樣美麗的名字啊。那名字像一首民謠唱的：天津衛城西，楊柳青，有一個美女名叫白鳳英，其人年方一十九呀。小佳人，十九冬，丈夫南學苦用功，眼看著呀來在四月時中呀。我彷彿就看見一位女子站在那樣雲淡風輕裡，背景是整個的人生和歷史，生老病死於這一刻永恆了。但是她不知道也並不在意，如果這時有一些些動搖的話，是她的丈夫就要回來了。

此後不自覺的，我就注意起樓上的動靜來，有音樂，熱門歌曲則是他室友阿新在家，古典的是他。有時一個晚上都靜寂的，我看著書也會生起一絲牽掛，到陽臺上靠靠，從樓梯口望上去，那間房門底下漆黑一片，確定是沒有人在。欄杆邊佇立良久，小鎮的燈海依然燦爛，遠處渡口有座高塔，一盞燈終夜不停旋轉著，慌慌張張、急急忙忙的，在大而黑的海上和夜裡劃出一道道白光。我回到屋裡寫信給小方，開頭就重重的驚嘆號道，倚遍欄杆只是無情緒人何處連天芳草望斷歸來路！然後告訴他，我們系裡有一個女孩長得如何如何，我要快快把頭髮留得和她一樣長。又告訴他，淡水的風颳起來是怎麼樣的，樓上住的男孩叫馬三哥，咬著菸講話時嘴角撇撇的很是帥氣。寫到一半，有人敲門，竟是馬三哥，才從外面回來，見我屋子的燈還亮著，便進來打個招呼，我順手拿了本書壓在信上。原來他是跟凡凡去聖本篤走了一圈，講著他們路上的情景給我聽，他總是有這麼多的話可講，因爲凡凡的緣故，我也興趣很濃的聆聽。另外還有三次都是很晚回來，一次去後山，一次在藍屋聊了三個小時，一次我剛剛熄燈，聽見他的腳步聲登上樓來，經過房門，轉上樓去，隨即幽幽怨怨的小提琴協奏流瀉出來。我忽然覺得委曲，眼淚落下來，哭濕了整條枕頭毛巾，淚水一直流到夢裡的極深極遠處。

我和凡凡的第一句話，是他們B班語練課上完，我們等在門口準備進去，我假裝望著草地上一株苦楝樹，眼角餘光可是跟著她的身影走。這會兒她卻像是朝我走來了，我很緊張，一轉頭，她已站在面前，是替她身邊的一位小僑生向我借書，才啟口呢，我已忙不迭的一連聲點頭說好，等她離去後，茫然了好一陣，醒過來時可怎麼也想不起借的是本什麼書，後來只好編一個理由，騙她說找不到這本書了。爲這事我眞是灰心了好幾天，覺得自己做人徹徹底底的失敗，不如死掉也罷。其實仔細想想，她頂可以問別人借的呀，班上許多同學她又不是不認得，何必偏偏找一個連話都沒講過的人？恐怕借書也不過是個名目呢，醉翁之意不在酒，在本人朱某啊。

可是我與凡凡輕易不見面，因為在一塊兒的時候兩人都感吃力。好像是竭魂魄以交往，在生命的最巔峰上相見，底下懸崖深谷，一大意就落入萬劫不復了，我精神稍差時都不願見到她。這個寒假她盲腸炎開刀住院，天心阿丁馬三哥都去竹圍探望過了，照情理我是第一該去的，而我不，她病弱了，怎麼願意見到我呢。在我們彼此的面前，永遠是只有一位強者。

大二遷住自強館，她怕我認生，特別囑咐和我同室的菁菁多加照顧。我們完全不曾考慮過要住同一間寢室，因為不能像兩人能夠在一個屋頂下平常的過日子。多數時候碰面了，講的話都是最最虛假的言語，「今天天氣眞好哈哈哈」，然後讚她的髮式好看，鞋樣別致，她也扯扯我的衣裳，摸摸我的手提袋，問是哪裡買的，價錢多少，我總是把錢降低了一兩百塊來說，她亦誠懇的點著頭，彷彿稱許道：的確是呢，貨眞價實。我們這樣互相說著毫無意義的廢話，彼此反而愈加懂得了，也許講假話是爲了更能表達出眞意來？風吹流水，有情也是有情，無思也是無思，我與凡凡或眞或假，又何必管它個什麼知己不知己。知己也是敵人哩。

有一次和她從台北回淡水，路經北門交通很亂，她牽了我一把，同時都感到極度的不自然，她大概也慌，竟忘記放開手去，就這樣牽著一直走到指南站牌，只除了那隻手不是我們的，短短一小段路走得大汗淋漓，甚至不知是怎麼走過去的。我們之間的一點也不可以著跡，竟至於這種地步。假如是武林高手，我想連交鋒都完全不必吧，一個眼色便足以令對方膽寒了。

最親近的也常常是最生疏的。像天心，就從沒覺得她是我妹妹過，有時還客氣得好像生人，會爲一句話、一個動作臉紅半天。在紅磚道上等公車，她新發現了一種巧克力是全世界最好吃的，必要我也嚐嚐，抿了一點果眞好吃，她就掰下一小塊請我，但我知道價錢非常昂貴，連一向不在乎的她都那樣吃得小心翼翼，便搖手道：「這麼苦，還是喜歡吃糖多的。」她卻硬要塞過來，我更不好拿了，扭扭捏捏的弄得空氣也有些尷尬起來。後來坐在車裡很慢很慢的抿著巧克力，當心太快吃完了她又會給一塊，她也有些害羞似的，只顧埋頭品嚐不講話。羅斯福路上木棉花都開了，金澄澄的頂著碧藍的天，風一路撲進來，眼眶不覺又要潮濕，我想著她文章的飛揚跋扈，自己是如何也及不上的。寫在《擊壤歌》裡此時此地的台北市，一如李白的長安城，在地如天，永遠是今天的。後世若有懷於當年王朝正朔的所在，將是《擊壤歌》裡的高風朗日，陽光下人語笑聲，一批青年做成了華夏文明的再統一。

凡凡更是這樣的一位強者，因此我無法想像她竟是可以遭受委屈的。她受了委屈，也是我的蒙塵，我比她更痛傷得疾首。

爲她，爲我，爲三三的替國家看人才，我都不允許她有一點點的委屈自己呵。

這樣的要求是不是太過分了呢？又會不會只是我個人的一廂情願？草木衰榮，天地成毀，在修行的長程中我應已了斷一切牽掛了，爲什麼還這樣遲遲疑疑，猶有不忍呢？難道是我的吝嗇，只願成不願毀，只願四時永遠開花在多水多風的春天裡？曹雪芹紅樓夢斷，慨嘆一聲繁華富貴總成空，往事如夢！我能夠麼？甘心麼？

馬三哥是最心疼凡凡的，他說我太殘忍了，一語道破痛處，我又心虛又抱歉，哽咽不能說話，但我連對自己，對他，也都是殘忍的呀。仙枝每次對我講殘忍的話，為她和馬三哥我已不知哭過幾回，哭得都想死去算了，然而從極痛極失意極無生趣的絕境裡再走出來，人更成長了，清揚了，更柔和中的剛強，婉轉與山川日月相親，又是另一番大有可為啊！

凡凡，凡凡，現實裡的花有開有落，而我心中的花永世長生。凡凡，妳是我心中的花嗎？

月兒像檸檬

怎麼又到了中秋節？易理阿姨要我寫一篇有關月亮的文章，我想著《女性》這樣雜誌的文章好難寫。此刻提筆的當兒，仍然還未有故事，可是筆下卻生出了阿丁的名字來，連我也訝異。怎麼該是阿丁？原來我這幾天的夢裡都是阿丁，都是阿丁這個丁阿阿，丁廝廝呵。

去年的八月我們在梨山，阿丁記得嗎？半夜人家都睡了，我們捨不得漫天遍野的星星閃亮，約了馬三哥、仙楓、淳琬和良雄，攜著一大瓶金門高粱，爬後山去看星星。我頂怕冷，長褲、睡袍、毛線衣，毛線外套一件疊一件穿得像座四層大蛋糕，末了馬三哥又搜出七叔叔的軍用夾克，將我一包，連頭連身子都包做了一堆。沒有月亮，我們手牽手一步步的往山路爬去，只有馬三哥手裡的一隻電筒照路帶頭。山上種的都是蘋果樹，枝葉和累累的「金冠」壓得好低好低，我們蝦著腰在裡頭鑽來鑽去，一會兒撞了好硬實的金冠，一會兒撞了滿臉冰冷的露水，淳琬最愛尖叫嚇人，弄得我們又心驚又好笑，短短的一截子坡路也爬得汗濕淋漓。來到塊空地，一棵杉木高高的直入天際，是已死了的杉木，沒有枝葉，襯著天上的星斗，竟是遠古時代的什麼神祇石雕，立在那裡千年萬年了，俯瞰著祂底下的生生死死，也許到了天地都要廢去的時候，杉木依然不變。我反而是有點怕怕的，避免仰頭去望。阿丁遞過酒來，我喝，遞過菸來我也抽，大家不抽不喝的都興致昂昂的破例了又破例。

還有兩次，都是爲阿丁的緣故，我忽然想要抽菸。一次從淡水回台北的火車上，講講話阿丁就掏出長壽來，點著火，咬著菸說話，眼睛瞇瞇的，啊呀，眞是親極了。我說人家也要抽，阿丁就欺過身來替我點上，那時車子經過關渡平原，風吹稻香一波波，平原遠遠遠遠的地方，像是天涯海角，伶伶的一幢紅柱飛簷，是圓山飯店嗎？另外一次，我們在學校大操場邊的草坡上，鳳凰木葉影疏疏，花是中國喜慶的正紅色，高入青冥的天空，風好大啊，吹得人睜不開眼睛了。仙楓睡在地上，草帽蓋著臉，小小短短薄薄的身子，像一片落下來的鳳凰葉。阿丁，阿丁又點著了菸。我怕這風要把我們吹到天邊去了。

對面一座山峰，早晨看太陽從山後躍出，先是桃色的霞光在峰際醞釀，變做了橘色、金色、太陽色……可是每次的日出，我總不知太陽是怎麼跳出山頭的？我發了誓，伏在欄干上定著一蟼蟼的天邊，定著定著就懵懂起來，一個恍惚，啊，太陽就在那裡了！是從我的夢裡生出來的麼？山谷裡一片炫色明迷。這時候，我喝著酒，北斗星從山後一顆兩顆的走出來了。呀原來，原來呀，阿丁也什麼時候走到我的心上來！圓圓的天空罩在我們四周，都是星星，那樣渺遠，那樣就是現前。就是現前啊，北斗星走到松枝隱隱裡，誰可以攀上松去把它摘了下來？裝在口袋裡，我們手牽著手步步走下山去了。阿丁牽著我，我但願這條蘋果路是一直走下去，沒有盡頭，走一輩子，走來生來世的。

今年的梨山阿丁卻沒有來，男生都沒有來，山上眞是靜，靜得要思量起許多新緣前塵。因爲颱風，今年的梨山也沒有星星，漫天吹的是雲，是霧，霧聚得多了，就飄一場雨，飄呀飄的，把個心腸都飄亂了，飄碎了。天心的文章竟然將阿丁比做了寶玉，和，爺爺？是這樣的嗎？頃刻間我忽然要對阿丁另眼相看了。天心說，她縱使是位絕世的女子，也不可對阿丁有一絲絲的獨佔之心，爺爺和寶玉都是天下人的。眞的是這樣嗎？我竟要不服氣了，忽然對阿丁敵視了起來，非常嚴厲的。

山峰背後會不會是一口宇宙的大風箱？怎麼又吹出太陽，又吹出北斗星，吹出濃濃的雲河霧海……可不是宇宙的風箱就在我的心上，吹呀，吹不完這千秋萬世的什麼什麼，我也不知道了。

後來，後來好像我們走著去三舅媽娘家的山路，大家亂唱些民謠，男生都把來唱得歪歪色色的，黃昏的太陽照著溪山，像是人世漫漫，沉澱在午後的一個夢裡。山崖下有隻黃牛吃草，仙楓吃了一驚，日語嘆道：「舞兮？」她的一驚一嘆，這牛也成了西出玉關的仙牛了。一輛大卡車在暮色塵埃裡顚顚倒倒開過來，被我們攔住了，一個個朝上爬，載煤的卡車，一會子功夫就把大家弄成了小黑鬼。山路一邊傍山，一邊臨谷，也眞是驚險，可是我們愈唱得高興了，大大的嘴巴迎著飛來的風沙，歌聲給車子顚簸得支離破碎，風沙一捲就無影無蹤了。我們唱，天空出彩霞呀，地上開紅花呀，樹上小鳥叫呀，我們大家一起唱呀，唱出一個春天來呀，嘿啦啦啦嘿啦啦啦……是誰說的，這片黃土山崖，這輛卡車，這批青年，像極了《赤地之戀》的一開始！是啊，劉荃與黃絹，阿丁與小蝦。

我們在溪邊玩水呢。

仙楓很靜，石頭上坐著端然，換了短褲，腳泡在水裡，灰紫色麻布罩衫寬寬大大的直垂下來，更是不見身體的存在了，是蘆葦身，蓮花身，她就是蒹葭蒼蒼，白露爲霜，有位佳人，在水一方。唉，我又要怎麼才好了？化做那溪水？那山色？那天邊茫茫的煙水斜陽？媽媽也坐在石上，一條歌唱完了又一條，唱雨後的黃昏，紅蜻蜓好多好多的飛，飛在清盈的雨光裡，眨眨眼就消失啦。我還是爲阿丁漂漂衣裳罷，阿丁是剛才跟淳琬打水戰，渾身濕透了，把衣服換下來在那裏漂水，一點也不會漂，倒將石底的青苔都弄到衣上一塌塌烏綠的。仙楓便發話了：「喲喲，阿丁你看看，是誰在替你洗衣啊。你幾世修來的哦！」我回頭望阿丁一笑，阿丁也笑，我想要把這笑容笑得只是對阿丁一個人的，可是沒有，阿丁的笑裡也是沒有事情的。這憑空的一笑，就付給逝水如斯罷……

那天晚上夜好深好深了，只剩下我和阿丁、淳琬、天心，還在曬穀場上跳舞。也不知是海拔幾多公尺的曬穀場，場前就是斷崖深谷，早先三舅媽看到一條蛇，大家鬨鬨的站在場邊探望，媽媽只顧探呀探的，險不栽了下去，這會兒我們跳著撲克滿場飛，不定就會飛出場子外去了，哈。教阿丁跳卡羅索，跳田納西華爾滋，阿丁帶我們跳吉力巴，左邊一個旋身，兩人側頭一望，右邊一個旋身，一望，手指底下旋轉出去，旋轉進來，轉進了阿丁臂彎裡，身子一倒，好豔。跳著跳著，黑黑的夜空便飄起毛毛雨來，無緣無故飄一陣，烏雲撥開，竟出來了一片大月亮，大得驚人。

誰知第二天當眞就結結實實的下了場大雨，溪水暴漲，雨是一時停不了的，再不走就要困在山裡了，舅舅爲我們每一個剪了塊塑膠布充當雨衣，頸子上一繫，倒也揚揚灑灑是件披風，戴頂斗笠，就成了俠女徐楓。材俊朝仙楓龇牙咧嘴一聲喝道：「強八路，米戶內偷夕落。」仙楓笑壞了，這句譯成中文是「武俠，三船敏郎」。我頭上罩的是半個葫瓜瓢，鄉下拿來舀水用的，活像個太空來的外星人，天心也像，塑膠布連頭一塊兒包了起來，鼓出兩隻沖天小辮兒，成了天線什麼似的。唯有仙楓撐把傘，戴的仍是那頂昆布色小帽，頸上紮著桃紅色毛巾，天藍塑膠布將身子攏得緊緊密密的，走在大風大雨裡，依然是從容，亭亭若出水荷花，便連渡急流也像銀河清淺，晶盈得沒有一點重量，怎麼能夠啊？雖然她水清清的臉上亦是興奮的笑著：「這樣才冒險好玩，我喜歡。」我是渡溪時把鞋子沖掉了，林端將他的涼鞋借我穿，好大的鞋呀，像穿船，走兩步退三步，也走到了外公家。

一樣的夜深，一樣的月亮，像檸檬。白天落了大雨，此刻的園子遍是水珠珠，連我也彷彿浸在水中，淹得通體透明。夜涼如水，如秋，這當兒只是八月，沒有傳奇。阿丁立在井邊，我說，小時候眞是小，這壓水機都搆不到，巴巴的搆到了，整個人吊上去，都還壓不出水呢。阿丁笑道：好慘。我又說，那，麵包樹，葉子好大好大是不是，小時候我們就揀來，用稻草穿過去綁在腳上當鞋玩。牆外的一條水溝鋪滿了青苔，葉子鞋穿在裡面頂有意思，滑溜溜的好像鴨蹼。這池塘現在看起來小小的，以前也不知當它多大哩。爸爸那時候在軍中編錦繡中華畫刊，家裡很多大陸的山水照片，我把小朋友帶回家看照片，都是外公家吔，青海鹹水湖是外公家的池塘，北平太和殿是外公家的大門，新疆草原是外公家的牧場。外公騎摩托車到西湖山上幫人家看病時，我們就跑進池塘去抓魚，養的是金澄澄的大鯉魚，我們抓到了放掉，放掉了又抓來，攪得一池魚都半死了。池水接山裡的溪水，有水蛇，我們卻不知道害怕。阿丁是最最怕蛇的。還有這井，從前沒有自來水時，一到傍晚，附近人家就擔了桶子來打水，隊伍排得好長，打了水沿著這條碎石路一逕潑潑灑灑出去，又是招呼聲，又是嘻笑聲，狗吠著，火雞咕嚕嚕一陣鬧一陣的啼，春蘭阿姨生火煮飯了，炊煙暮靄，含笑花甜香。每到這時刻，我卻似是若有所失，只顧荒荒的跑前跑後，一種也不是寂寞，也不是憂患，總之做什麼都不成的空空蕩蕩，就是等吃飯罷，吃過玩一玩便睡了，小孩都睡得早。阿丁望望我，說女孩子穿長長的睡袍很好看。

可是，可是我要講的話並不是這些呀。牆外密密種著一行油加利，何處照來的天光，遍樹水滴都映得銀花花閃亮，偶爾風過過，便紛紛碎碎的落了滿地。一列南下莒光號嘩的飛過去，阿丁道：「我們來打賭，下班火車南下還是北上？」我先搶了北上，阿丁只好南下。「賭什麼？」我說時眼睛望著平交道上一盞紅燈，若是白天望去，就當是綠野平疇，開著芥藍菜鵝黃的花。我在看阿丁賭什麼？「賭明天請你吃十塊錢的東西」，阿丁這樣說。我聽著差點笑死，阿丁是窮瘋了，怎麼也料想不到我的賭注呢，但我只是險險的瞟阿丁一眼。阿丁也問我賭什麼，我卻岔開去，說你看這門矮矮的，後門，經常鎖著，那時候我媽媽私奔出走，就是七叔叔在牆下接應，媽媽翻過門去，到了鳳山和爸爸會合，就去地方法院公證結婚了。阿丁聽聽便攀上門去張望。井邊原有一棵桃樹的，不知幾年前回來時就改種了一株木棉，害我傷心的哭了一回，想起兒時桃樹底下看蟻公搬家，揀落地的小桃子辦家家酒，都不在了，那花神又將是寄住何方？阿丁阿丁，你是一機之失，失掉了千古江山如美人。你是就算發全世界人去追，也追不回來的了。

而我似乎也有辜負。淡江的藍天我們共過整整一年的。卻如何就糊塗了呢？

阿丁有時來自強館找我，隔著七里香喊一聲，我趕緊跑到窗口，三樓望下去，阿丁總像是還未找著焦點，一副茫然。隔著灰濛濛的紗窗，灰濛濛的陽光，陽光裡的小塵埃，彷彿隨時阿丁就會消逝了，咫尺天涯，而很親很親的，叫我淒涼。阿丁喊道：「快下來，我們去淡海。天心材俊在光復門口等我們。」我真是高興的，但反而好像要怨他，「不行，人家明天考日文哪。」阿丁嚷起來：「那人家還考微積分呢！」我是向來不慣扯開喉嚨對講，可是這樣樓上樓下喊話，整棟自強館都要聽見了，我卻喜歡，還要更高聲的喊道：「好吧。你等一下，我換了衣服就來。」外面春陽大地都聽見了，誰知這是我和阿丁的私語竊喜呢。如果，如果時光倒流的話，觀音山下淡水河，一浪潑翻了八仙過海的何仙姑。噯呀，捲起千堆雪。

這便是月兒像檸檬。

懷沙

唸到大二的時候，我突然想休學。完全沒有原因的，就是不上學了。我不想上學，但我喜歡住宿生活的和大家在一起，清晨起來，看宮燈教室外的淡海，看天上西邊的殘月和東邊的日出，有這樣一個讀書的環境跟氣氛，然後我來自修用功。曹老師會看相，也說我是沒有文憑的。那時候我也眞是呆想，就憑這樣的理由要和院長去說，學校又不是爲你一個人辦的。後來是爺爺跟我說了一句話：「英雄美人並不想著自己要做英雄美人的。」當即我就全部懂得了。原來英雄美人對他周遭的一切，即使是逆境中的憂患，也是有著不勝多的喜悅和抱歉，他甚至是要去迎合世俗的——就只是迎合不上。

英文系的學生裡，只有我還去選詞曲、詩經、六朝文、杜甫詩的課程；到了大四，我也未曾想過未來就業的問題、婚嫁的問題；我亦不去唸研究所，考托福。我以後要做的就是三三了。同學與我聊起這些來，我總要覺得對他們無來由的抱歉，因爲我想的人家不這樣想，我做的人家不這樣做。「眾人皆醉我獨醒」，有時候我是甯可與眾人醉在一塊兒的好。這我也才曉得了「雖千萬人吾往矣」的心情，不僅是激烈的，也是極其柔和的。柔和是因爲太喜歡這個世界上的一切了，連這個世代的敗壞和沉淪都不忍捨棄，還要眷戀，還要徘徊，還要對每一個人感到歉意，彷彿是自己錯了。我聽爺爺的話不再做休學的打算，只爲革命之士是要與眾人生在一起的。「我不生今世生何世？」當前的一切，好壞就是這樣的了，只有感激和喜悅，怎由得你還挑三挑四？

這學期去註冊，女同學們都脫胎換骨似的一下子變得好漂亮，我才驚覺到大四就要畢業了！怎麼可以？我還想和淡江的山水玩，一面玩，一面辦三三，等三三成事了，就化成一縷輕煙吹散去。近日我走在校園裏，也不是傷悼，也不是哀愁，只是對每一件事物更加珍惜得心疼了。教職員宿舍的小路上，從人家樹籬內伸出一片一片的樹蔭。我走過含笑花底下，仰頭和那蔥綠綠的葉子們說話：「你知道麼知道麼含笑花？我就要走了……」含笑花在五六月開得最盛，香味清甜，可是它的樹枝太高了，宿舍的院子有時擺著一張凳子，我就搬出來站在上面採。宿舍總是很清靜，上班上學的都走了，只有主婦在洗衣裳；院子裡草木深深的，不見人影，只聽見水聲嘩嘩嘩的流，蟬在頭頂上鳴叫。前一夜若有曇花開過的，第二天就見那家門前的水泥地上擺了一個扁籮筐，上頭鋪著曇花苞苞在曬。曬乾了可以做藥材。

註冊的時候才曉得小燕暑假裡結婚了，已有四五個月的身孕，她是同學中最早有喜訊的一位。小燕在寢室就坐我旁邊，一起開夜車，吃消夜。她的牙齒很白，嘴唇很薄，我對嘴唇薄的人總是毫無理由的就先喜歡上了，聽她說話，眼睛不由得便落在那尖尖的唇角上。可是她竟然結婚了，每天從山下爬克難坡上來唸書。她的先生我也見過，那時候還是男朋友，在新莊開生日舞會，牽著小燕起來開舞。我看著小燕穿的很漂亮的孕婦裝，眞是爲她惋惜，爲她悵惘，總覺得他們是奉兒女之命結婚的，一切必定是草草的罷。後來我們去她家玩，她先生那天沒有去輔仁上課，斜坐在牀沿聽我們一群女生吱吱喳喳的講話，眼睛始終望著半空中，似笑非笑。小燕削梨給我們吃，又拿出一本照相簿來大家看，原來是她的結婚照，我們都叫起來，太漂亮了，簡直認不出來。有一張是兩家親戚合照的，新郎新娘坐中間，兩邊坐著站著的迤邐得一長串，像一切大家庭的結婚照，見了這張，我就完全的爲她豁達了。因爲她在人間的位分畢竟還是隆重、繁華和喜氣的，她應該也沒有委曲了。

我是要天下每一個人都活得理直氣壯，沒有委屈的。前次我去上「十九世紀前英國文學」，一進門都呆住了，偌大的一間梯階教室，只坐了兩排不到的學生。固然這門課是選修加上冷僻，可是，可是，那是顏教授的課呢！我還早早的趕來佔位子，就像從前一樣。這中間自然是牽涉到排擠的紛爭，早有人想要掃去一些「台大」的空氣了，但我這就要來看看顏教授的氣度是如何了。顏教授自嘲道：「顏某人現在已經是out of date了。」這個時代的狹窄是看不得別人有一些成就的，攻擊顏教授的人所說的話自是幼稚不堪，然而我聽了顏教授一堂課的自我嘲諷，只覺得慘，心頭悶了一口氣，眞要落下淚來，我是要全世界的人都是眉目清揚的啊。貧窮可以，殘酷可以，戰爭可以，獨裁可以，生離死別可以，只要這個世界是清亮有光的，每個人是理直氣壯的，我不能忍受人的臉上無彩無色無光。單爲著人們的意氣之失，我還甯可核子大戰爆發，像神的震怒發大洪水把世界淹沒了。至少那之後，天地是清潔的，若還有浩劫餘生的人類，他也該是大徹大悟，清明飛揚的了。然後，就從一片橄欖葉重新開始罷。

我常常喜歡把我認識的同學一一講給馬三哥聽。這人說話是怎麼樣的，走路是怎麼樣的，笑起來又是怎麼樣的，還要他把這些人的名字記得好好的。可是馬三哥從來不記得他們的名字，也許他只愛講話當時的就是一種風光，像行雲流水，風吹花開，當時純粹是喜悅，過後也就無心，但每次我就要爲這個假裝生氣。譬如說走路像男生的阿冠，尤二姐苔苔，彈鋼琴的阿汶，牙齒很白的小燕，唱迴旋曲的秀月，摺紙社的美英，奧黛麗赫本碧霞……路上遇到了我就要問：「剛才走過去的那個是誰啊？」他答不出來也罷，偏偏有時候還要自作聰明，「不是尤二姐秀月嗎。」我一聽就生氣起來，一半是眞的，自己走自己的路不理他了。

一次跟海東青走在街上，路邊一個地攤賣網球拍子，我蹲下去看看，說：「我媽有一把跟這一模一樣的拍子。」海東青拿去在手上比劃了兩招，隨意道：「你媽不是打軟式的？」「咦？你怎麼知道？」「你以前說過呀。」不知道什麼時候跟他說的，他竟記到現在。我心裡一面感激，轉臉仰頭望望他，那一百七十八公分的高高個子，我忽然對他生起敵對的心來。

女孩子就不同，她的心像一面鏡子，不管隨便的一點什麼都會落在上頭。像凡凡，有一回她要演戲，向我來借耳環。我打開盒子，裡面的幾副任由她選，一面揀著話說說，這副是怎麼來的，那副是怎麼來的。很久以後，我跟她路上碰見了一塊去上歐史，她指指我耳垂上藍色的耳環說：「這是你小阿姨送的？」我聽了非常吃驚，不住的看她，好一個晶瑩剔透的人！

阿汶在家是么女，幾個哥哥姊姊都成家立業了，她就變得更是那一副長不大的樣子，雖然現在已是大四的學生，其實還只是一個十三四歲初長成的女孩兒。這種年紀的女孩好像茅草一樣會割人的。她的眉毛像兩把劍，眼睛怒睜睜的，腮幫鼓著，隨時要與她四周的環境反對起來似的。她在寢室裡最會鬧，說笑話，做小丑樣，完全不管自己醜不醜，也沒有一點女孩兒的自覺。我們女生買了東西各人吃各人的，只有她的永遠是買來大家一塊分著吃；星期一從台北回來，她帶的糖果糕餅一人桌上分一份，她自己的也和我們一樣多。班上辦的郊遊爬山，她沒有不去的，但是她不大曉得自己是女孩，只是毫無間然的與男孩玩在一道，所以郊遊裡撮合了多少羅曼史，卻從來跟她無關。有一回她們鋼琴社有個男孩存著追她的意思，她聽了非常不悅，是眞正的不悅，我知道，雖然她並不明白她爲什麼會不喜歡。我看到她當面和那男孩說話的神情，充滿了敵意，簡直連天地也要讓她三分。她的琴點常常排在早晨七點，我大部分這時候還在牀上睡，模糊中看她在書桌前梳頭。她的髮質很重，直而且黑，垂到腰際，映著窗口照進來的晨曦，蒙著一層薄薄的銀藍。她梳好頭髮，輕輕的推開椅子，輕輕的夾了琴譜，走過我的牀邊，輕輕開了門，走出去。她的那面鏡子斜立在桌上，外面的屋簷、松樹和天空都靜靜的落在裏頭。她的人就是「妝鏡瑤草邊」那樣的清新可喜呵。有一回她從外面回來，爬到她的上鋪去，倒牀就嗚嗚的哭起來。我嚇了一跳，又從不會說安慰的話，只好站在牀下笨笨的問她：「怎麼啦？」她滿臉淚痕的抬起頭，嘴巴哭得大大的，還說不了半個字，又倒下去哭。好一會才抽抽答答的說：「阿麗，阿麗她結婚了都不跟我講！」阿麗是她高中時候很要好的同學。「她怎麼能這樣！我和她最好了，結婚都不跟我說一聲！」我立在那裡非常的驚動。人生的至情和繁華熱鬧都在這亮亮的淚水裏了。

苔苔就不一樣，她是個不折不扣的女孩兒。苔苔喜歡一切紅色調子的東西，她的墊褥是紫紅的，被單是白底粉紅色玫瑰碎花。橘色的蝴蝶髮夾，磚紅的橡皮拖鞋，紅圓點的塑膠浴帽。我有時愛到她的牀上躺躺，總是一股淡淡香味，她的手帕在手上過一過也要留下香味。我很奇怪我身上和日常用品就是從來沒有過香味。我聽苔苔講話時的那種細聲細氣和柔順沒有意見，不覺便想到《紅樓夢》裡的尤二姐。尤三姐比尤二姐激烈，有個性，敢愛敢恨，敢生敢死，兩人一對比，就要爲尤二姐的柔順被欺負十分生氣了。可是尤二姐這樣的才更是人生，曲曲折折的，參差對照的，是日常的平凡中到處可見的人，因此爲之惜之不盡。尤三姐則戲劇化了，有浮誇，有造作，是悲壯強烈的，但總少了一些什麼罷了。

最近同學之間常常談到結婚，人家問我時我只好微笑，不說我是可結婚可不結婚的，因爲謙虛，總不願自己的做法與眾不同，大家都是乖乖的好女兒。其實她們不知道我不過是像人家訪問范園焱打算在台灣另成家室嗎，范義士正色道：「現在我沒有想到這個問題。」正如　國父當年革命，也不是不管自家生計，只是不去想它，不覺得它是問題罷了。還是仙枝給我的信上，講著天眞爛漫的孩子話，才是最情高意深的事。她說她要開始存錢，爲我挑選一件最美的禮服，比誰都好看又貴氣的禮服。她可以不要有禮服，但我的禮服一定要是全中國最美的。她這一生最盼望的也是我當新娘的那天，那天比她自己的還要重要。她可以沒有這天，但我的于歸將是帶著五四又帶著三三本色的。她要從今天開始存錢，一元一元的積起來，因我曾經對她說過：「如果你是男生，我就嫁給你了。」她聽了很是感激，奈何這輩子沒有緣份，唯有等來世再報恩了。但是能做姊妹，反而更有說話，所以特爲來說清「名份」，戀愛一落入名份，多少也許帶些世俗氣了，可是時機一到，還是要故意說將起來，「明知故犯」是有一些乖逆的，但也不得不「輕觸」一下呢！

仙枝的「輕觸」使我想起《流言》裏面，說到中國人對於再神聖莊嚴的事情，也要去推揉推揉，這樣的犯一犯完全沒有目的的，就只是爲了好玩。像孫悟空居然敢咒觀世音道：「這樣愛捉狹人，難怪她一世無夫！」戀愛的高華空靈也讓仙枝來犯一犯，則又是另外一番活潑的風光了。然而仙枝講她自己的這一輩子是注定要乖蹇孤寂的，二十年後就可知道她這話不差。因爲她是不依常理，連天都難以使派，她怎能不乖蹇坎坷呢？她的一生是爲故意頂撞此途而來的。我聽了這些心中惻惻然，想著光是因她的乖蹇孤寂，我也不要穿什麼中國最美最好的禮服了。必定要這個世界都太平了，譙樓鼓定中一切是熱熱鬧鬧的，每個人是眉目清揚的，沒有悶人的空氣，沒有黯淡的天色，舉目一望，是高高曠曠的天和地。然後這時候，我會和我遇見的第一個男子笑說：「嗨，你在這裡！」

我漸漸的變得越來越功利主義了。大一初進來時，我喜歡和一群朋友在瀛苑上聊天聊到三更半夜，談三十年看山是山看水是水的人生三境界。喜歡去建築系朋友的屋裡，爲了那裡最像一個藝術家和男孩子的地方：浪漫跟髒亂。喜歡什麼也不想的和一大票人馬從後山逛到鎮上逛到江邊。喜歡參加各種各樣的演講會、座談會、音樂會、現代舞表演會，帶著一顆很充實的心回宿舍。喜歡大家擠在榻榻米上彈吉它唱中國民謠，唱到激烈的地方，阿繆跳起來揮拳喊道：「我們要打倒一切的靡靡之音！我們要唱健康的、陽光的、我們中國自己的歌！」我喜歡所有那種偉大的氣氛。

可是現在我已不能滿意於單是此時此景的健壯強大了。一次民謠演唱會上，李雙澤慷慨激昂的說：「我們爲什麼沒有中國自己的民謠？我們是中國人，爲什麼不唱自己的歌要唱外國的？」隨後他緩緩彈起吉它來，唱了〈補破網〉，〈恆春之歌〉。活動中心大而黑，臺底下的觀眾很靜很沉，臺上一圈光影，雙澤胖胖的大臉和胖胖的體架，他雄厚的低音共鳴在大廳裡，聽眾都感動了。我一一感覺了這些，心上卻無端的悵惘起來。因爲平凡的人不太讓我聯想到其他的事情，我與他們就是這當兒的在一起了。而愈是才氣大的，我就愈是不能夠滿意他，要這裡看看那邊看看，看出他的破綻來，看出他在這整個人間的份量在哪裡。雙澤說：「這是社會的錯！就是太多人鼓舞這些東西，卻沒有人站出來抗議；也沒有人爲年輕朋友製作中國民歌，讓我們有選擇的餘地。」他是憑著他的回歸熱忱提出了問題。還有許多人關心紅毛城的主權，希望國際上社會上的不公平能一天天改進。還有布拉哥油輪事件的報導，返回鄉土重建鄉土的提倡，藝術家必須走入人群社會的呼籲……種種這些大家都是在想著做事情的。我和雙澤他們在龍山寺嗑瓜子，聊天，又逛到清水巖的斷垣去。那天下著濛濛的雨，遠處近處都是灰色，地勢高，可以望見一片海洋，江水就和海天迷成一塊了。雙澤坐在斷垣上，大家對著大江高聲唱歌，雨絲絲不斷的撲在臉上。青春呵，這是青春最好最奢侈的時候了。我唱著歌，可是心底切切的問著：「然後呢？然後呢？這樣下去又該怎麼樣呢？」

梁武帝問達摩他的廣建寺廟有無功德，達摩答道：「無功德。」許多人不也是這樣麼，總是很欣慰的以爲自己替這個世界做了一些什麼，到頭來卻只是無功德。因爲一個世代的將成將毀，平時的德政善行對之全然沒有半毫用處了，歷史的嚴厲竟有如此的，一劍劈下來，砍去多少的浮花浪蕊，而留下的強者又能有幾人呢。有一位印尼僑生非常認眞的和我介紹她的一群朋友：「眞的，他們眞的在做事。沒有人曉得他們，可是他們眞正的進入下層階級，眞正的幫助那些窮人。眞的，就是這樣……」她努力的、用力的肯定著，痛苦著她不能表達出對那群朋友欽慕之心的一點點。我望著她清美的小臉，心中十分悲哀。時代更大的敗壞在進行中，已不是擁抱社會，關心大眾所能夠解決的。因爲你所要擁抱的社會，已是產國主義下荒漠無情的結構組織了，你所要關心的大眾也不過是平民市民公民國民，而這些民都已不再是天地人三才的那個人，要最大的光才能來照亮這一切黑暗。雙澤的民謠或許算是一種「興」，但他自己還知道對這世代成毀的「比賦」嗎？

我認識的人當中，唯王老師是懂得這個的。他有時讓我想起《戰爭與和平》裡的安德萊公爵，反諷的態度加上一些冷漠。但他亦不過和我一樣，是看到了只有能夠完成功德的大聰明大智慧才算是，其他的縱然是有熱忱和理想，但若走不到百分之百的絕對，就都全部不算數了。黃老說的「天地不仁」是這樣嚴格而不留情的啊。王老師在講臺上說話，他的後面是窗外浩浩的蒼天與浩浩的淡江。他那薄薄的嘴唇，笑起來很「歐威」的笑。他說的話人家並不明白，我只好愈加的憐惜他了。

三三的朋友們便是怎樣的一種心情，生在怎樣的一種世代裡啊。但是，我們也是不做屈原的。因爲，因爲，我們生在這個世代就是這個世代的一切都是我們的了。阿汶、凡凡、雙澤、苔苔、秀月、小燕和一切的敗壞一切的淚都是我們自己的。天意若要我們興起，我們就與時代的所有一塊興起。若不，我們也不投身汨羅江，要壞大家就一塊壞下去罷。待另一番洪水過去，若有幸運能存的人，再從一片橄欖葉重新開始。

朱天文作品出版年表

喬太守新記	小説集	1977皇冠	
淡江記	散文集	1979三三書坊	（1989遠流）
傳說	小説集	1981三三書坊	
小畢的故事	散文集	1983三三書坊	（1989遠流）
最想念的季節	小説集	1984三三書坊	（1989遠流）
三姊妹	散文合集	1985皇冠	
炎夏之都	小説集	1987時報·三三	（1989遠流）（2001上海文藝）
戀戀風塵	電影劇本	1987三三書坊	（1989遠流）
悲情城市	電影劇本	1989遠流	（2001上海文藝）
世紀末的華麗	小説集	1990遠流（1993香港遠流）（1999四川文藝）	
朱天文電影小說集		1991遠流	
下午茶話題	雜文合集	1992麥田	
安安の夏休み	日譯小説集	1992筑摩書坊	
戲夢人生	電影劇本	1993麥田	
荒人手記	長篇小説	1994時報	
好男好女	電影劇本	1995麥田	
花憶前身	小説集	1996麥田	
世紀末の華やぎ	日譯小説集	1997紀伊國屋書店	
極上之夢	《海上花》電影全紀錄	1998遠流	

Notes of a Desolate Man（英譯《荒人手記》）1999 Columbia University Press New York

千禧曼波	電影劇本	2001麥田
花憶前身	散文集	2001上海文藝

Anthologie de la Famille Chu （法譯《朱家選集》）2004 Christian Bourgois

畫眉記	小説集	2005廣州花城
最好的時光	電影作品集	2006山東畫報
荒人手記	日譯本	2006國書刊行會
巫言	長篇小説	2008印刻
劇照會說話	圖文集	2008印刻
朱天文作品集		2008印刻

INK PUBLISHING 朱天文作品集 2
淡江記

作　　者　朱天文
總 編 輯　初安民
責任編輯　丁名慶
特約編輯　趙啓麟
美術編輯　吳苹苹　陳文德
校　　對　朱天文　趙啓麟　丁名慶

發 行 人　張書銘
出　　版　INK印刻文學生活雜誌出版有限公司
新北市中和區中正路800號13樓之3
電　　話　02-22281626
傳　　眞　02-22281598
e-mail : ink.book@msa.hinet.net
網　　址　舒讀網http : //www.sudu.cc

法律顧問　漢廷法律事務所
劉大正律師
總 經 銷　成陽出版股份有限公司
電　　話　03-3589000（代表號）
傳　　眞　03-3556521
郵政劃撥　19000691 成陽出版股份有限公司
印　　刷　海王印刷事業股份有限公司

港澳總經銷　泛華發行代理有限公司
地　　址　香港筲箕灣東旺道3號星島新聞集團大廈3樓
電　　話　852-27982220
傳　　眞　852-27965471
網　　址　www.gccd.com.hk

出版日期　2008年 2 月　初版
2012年 5 月　初版三刷
ISBN　978-986-6873-57-7

定　　價　220元

國家圖書館出版品預行編目資料

淡江記 / 朱天文著；初版,
- - 新北市中和區：INK印刻文學,
2008.2 面；15×21公分（朱天文作品集；2）
ISBN 978-986-6873-57-7（平裝）
855　96025527